我一定要去寻找，就算无尽的星辰令我的
探寻希望渺茫，就算我必须单枪匹马。

——［美］艾萨克·阿西莫夫

鲲鹏
青少年科
幻文学奖

涅槃

李玥 著

中国大百科全书出版社　知识出版社

图书在版编目（CIP）数据

涅槃 / 李玥著 . -- 北京 : 中国大百科全书出版社，
2025. 1. -- (鲲鹏科幻文学奖丛书). -- ISBN 978-7
-5202-1663-0

I. I247.5

中国国家版本馆 CIP 数据核字第 2024MC8650 号

NIEPAN

涅　槃

李　玥　著

出 版 人　刘祚臣
策 划 人　姜钦云　张京涛
责任编辑　李　珅
责任校对　易晓燕
封面设计　罗　艳
美术编辑　侯童童
责任印制　吴永星
出版发行　中国大百科全书出版社　知识出版社
地　　址　北京市西城区阜成门北大街 17 号
邮　　编　100037
网　　址　http://www.ecph.com.cn
电　　话　010-88390725
印　　刷　文畅阁印刷有限公司
开　　本　710 毫米 × 1000 毫米　1/16
字　　数　140 千字
印　　张　9.5
版　　次　2025 年 1 月第 1 版
印　　次　2025 年 1 月第 1 次印刷
书　　号　ISBN 978-7-5202-1663-0
定　　价　40.00 元

目　录
CONTENTS

一

　　手里的书在震颤中滑落，书脊磕在地板上的响声一下把金羽惊醒了，他感到牙关震得发麻，鼻间有一股刺鼻的煳味。好在这动静并没有持续多久，化生藤又在迁移了。

　　他盘腿坐在毯子上，缓了好一会儿才消化完火烧眉毛的噩梦。站起来检查了一圈，发现窗户内层遮光帘的一角已经被阳光烤化了，边缘发黄、发黑，坠下一滴滴蜡滴般的恶臭液体，啪嗒啪嗒地掉下来，在地板上结成一块块脓疮。

　　金羽取出备用的遮光帘，把破帘子扯下来，丰富的、明亮的光从窗子外涌进来，如一条金灿灿的河流神迹般出现在了阴暗的地板上，把整间狭窄的小屋映得如圣祠般金碧辉煌，但随着热浪涌进来的却不是清新空气，而是大量的灰尘和烧焦气味。

　　管家机器人 V0 嗡嗡地响着把声道里的灰尘吹走，面板上显示时间是下午 3 点，室外温度 72℃。

　　遮光帘不够，家里还剩最后 3 瓶水。金羽在心里估计着家里的耗损，算来算去都觉得今年可能要贫穷到底了，顿时悲从中来不可断绝，狠狠看了几眼角落里擦得锃光瓦亮的沙地摩托，还是背上包，系紧鞋带，开着"11"路出门了。

路上他还有些侥幸心理，想着如果收成好些也不是过不下去，到了土豆地才是真的脑子一嗡：一块土豆地被小偷光顾，锁被砸得稀烂，看起来是钳子和人类牙齿的共同犯罪，外层的遮光板被抠走一块，篷布里刚成形的小土豆也遭了殃，地上全是一拃来长的脚印。这群小孩来偷就算了，可恨的是糟蹋东西，拿完了也不知道把遮光棚盖回去。金羽看着土豆秧子半死不活的样子觉得血压直往上蹿，"哗啦"一声把遮光棚蒙了回去。

被阳光晒化的恒温装置吐着焦臭的泡泡。他这边修补着断裂的电线，那边想着手底下这批土豆的产量，心里暗暗地想，大概下周才能去拜访云谣了。

金羽收拾了许久才把坏掉的棚子重新撑起来，又来到紧邻的第二个土豆棚。这处的锁是完好的。他们应当是偷完刚才那个棚子便摸了过来，因为沙上还落着一些碎叶、几颗土块，但脚印只绕着棚子转了一圈，在外壳上踢了两下，并没进去。

金羽开了锁进去。他的棚子几乎是整个北方营地最低的，这样一来虽然可以节省建造的材料，但是人却永远直不起腰来。非得整个人趴在地上，才能搞清楚苗情。

他刚跪下来，耳朵便捕捉到了怪异的声音，有别于虫鼠行动时窸窸窣窣的动静，那是一种真实的气流涌动的声音，就像一阵风拂过遮光帘，发出极轻微的摩擦之声。正因为他的位置低，而土豆棚又宽又大，把这声音放大无数倍后送入了他的耳朵。

金羽瞬间停下了手里所有动作，侧耳细听，那声音却也停了，它好像意识到了布帘外面是一个灵敏而狡猾的猎手。

金羽一只手保持着略微掀开一点儿布面不动的状态，极轻缓地弯下腰，另一只手解下腰上的测电笔，扔到了篷布上。

没有活动，没有声音。

金羽终于把脸放低到和土豆苗齐平，他向内看了看，微弱的光线下根本看不出异样。他就这样一直以五体投地的造型趴着，定定地向内看着，检视着每一株小苗。终于让他抓到篷布最边缘一棵苗的叶子正在发抖，他全神贯注地看着右侧边缘，缓慢地放下这边的篷布，掀开另一侧，却没想到左边猛地响起一阵嗡鸣，金羽反应极快，猛地将篷布一卷，篷布像个口袋似的便要把那东西箍住，可是那东西更快，瞬息之间就从狭小的缝隙中钻了出来，直接撞在金羽脸上。金羽心中大骇，伸手一抹脸，便觉指尖碰到了一团暖烘烘的物体。他还没来得及仔细琢磨，篷布上的测电笔发出一阵耀眼的白光，直接炸开来，与此同时，一阵剧痛顺着金羽的手掌、手腕、胳膊、胸腔，狠狠击中了他，那是一种像要把人活活钉穿的疼痛。他不知道自己的视网膜是不是捕捉到了偷盗者的残像，因为在那一瞬间他所见的是黑底上绽放的螺钿一样绚烂的色彩，心脏剧烈地跳动着，大脑的嗡鸣声让他失去了一切判断力，面朝下直挺挺地瘫在地上。

过了最初完全无意识的几秒后，金羽几乎被泥土闷死，却连侧头或者张嘴呼吸都做不到，只能慢慢地调整着，靠重力尽可能地侧脸，让口鼻接触到空气。渐渐地，他感到左手有些热，是血液从伤口流出来，温热地浸湿了他的衣服。不知过了多久，视线恢复了，但疼痛从创处蔓延开来，痛得他在地上无声地嘶吼了一刻钟，等他的脖子终于可以动弹后，他垂着眼睛去看，发现左手手背受了伤，创面很大，血顺着指尖不断地淌下来。他从地上爬起来，抓起一瓶止痛胶不要钱似的喷下去，喷尽了，这才终于觉得飙血的速度有所减慢。金羽回过神来，掀开了篷布。

大棚里潮热的空气混合着纯氧、泥土、肥料和植物发芽的特殊气味扑面而来，土豆苗整整齐齐地立着，一直到田地的尽头。而血迹正起源于正中央的土豆苗，血迹丝丝缕缕地延伸到棚边，在极远处一株有些蔫了的土豆花处消失。金羽掐下了蓝紫色的花，花叶虽然还未长成，有些弱，但很完整，安静地待在他手心里，看不出任何被破坏的迹象。

这时，腰间的微型广播响起了云谣重大播报前的特殊电流声。他把田地盖好，把音量调大，走向棚外，找寻着信号更好的位置。

不知是否与刚才的磕碰有关，广播始终断断续续，剧烈的电流声里夹杂着几个字音："暴……回避……"他边拍边听，如此重复了几次，便再没有声音传出了。

两个沙丘之外还有另一个站起来找信号的人，金羽朝那人挥了挥手，那人跳起来指了指东北方，一低头就不见了。

地球停转以后，日界线已经15年未挪动半步，日半球的云和雨早已经干涸，绿色植物肉眼可见地就消失殆尽，黄沙灌入了城池，沙暴如影随形。

日半球是没有夜晚的，当辐射战胜了冰封，千年雪山渐次消融，凛冽的热风没有云和沙的阻挡，悍然跨过干涸的峡湾与城市，把所及之处变为瀚海。太阳的灼热和气候骤变造成了人口锐减，以往的高楼和城市不再适合居住，可以生存的聚居区占比少得可怜，从地图上看就像几粒沙，零零散散地分布在温带。记忆中的家园缩聚成了可以用双脚丈量的几千米，名字也变了，就像北部营地原先叫青阳埔，意思是春天的山间小平原，现在已经既没有春天，也没有草长莺飞的原野了。

二

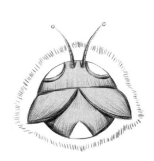

金羽又累又痛，加上饿得发晕，艰难地抬手擦了擦汗，细看那人指着的方向，从望远镜里能看到似乎是个废弃的小镇，一层黑灰色的风暴正在近地面处膨胀着，吞食着废城所剩不多的建筑，影影绰绰地朝这里来了。

金羽也赶紧收拾东西，把成熟的土豆苗归整完毕，回收破损的篷布和储水器，又紧紧锁住了土豆舱的入口，加固铆钉，最后踏着沙暴前20分钟的警笛声回到自己的小屋。

这片戈壁滩是幸存者的北部避难所，疏疏落落地分布着人的房子和土豆棚，一点一点组成了荷叶形的营地。尽管如此，周围的黄沙还是以不可抵挡的势头慢慢侵蚀过来，啃食着沙群中的这片"荷叶"。

所有人的房间都是云谣集中配给的，屋子底部的清沙排沙装置让它像舟船似的浮在沙地上而不至于失去方位，10平方米的屋内面积局促得让人心慌，生活的痕迹几乎找不到了。最醒目的是墙上牢牢固定着维修土豆棚的器械，还有几张捆扎起来的垫子，一切都是井然有序的、固定好的，多余的一片纸也找不到。

金羽把一整块需要修补的篷布搬进屋,本就不大的屋里更觉逼仄,连转身都困难。当他终于安定下来时竟然不觉得热,汗水浸透的衣服黏在了身上,反而让人觉得冷。窗外已经变成了昏黄色,阳光少见地从沙地上消失了。

屋里的气氛安静得吓人,天色也越来越暗了,但遮天蔽日的不是云彩,而是漫天黄沙。

金羽心不在焉地啃着土豆干,口里被这干涩的食物搅得一丝水分都没了。他一边吃,一边时不时地从掩埋了一半的窗口看向土豆棚的方向,几个光芒刺目的棚顶从金黄的砂砾里显露出来,像是沙地生出的粉刺。

一定要撑住。他在心里默默地念叨着。

家用机器人 V0 重新播报了云谣的警示:"这里是云谣位于南方营地的 9 号观测点,预计未来 6 小时内,将有能见度小于 200 米的沙尘暴,沙墙正自西向东移动,请各位做好防风防沙准备,回到室内,紧闭门窗,不要外出。"

云谣的声音低沉和缓,不像普通的 AI 那样具有机械感,也不如人类一样饱含情绪,V0 播报完以后就扒着窗台往外看。

沙充当了云,最轻的细沙势不可挡地跨越整个半球,在上千米高空筑成了黑沉沉的沙墙,慢慢地向着这片聚集地倒扣下来,如铁桶一般包围着这块小小的戈壁。巨大的阴影横亘在沙丘上,越来越逼近了。天色渐暗,藏在屋里的每一个人几乎同时感到了寒冷,以及恐惧。

视觉黯淡给沙地带来丝丝清凉的感觉,但随着耳侧风声愈盛,这凉爽逐渐转为冷汗干涸后彻骨的冷,包括金羽在内的每个人都凝视着沙丘,猜测着谁会是第一个牺牲者,风越来越大了,砂砾密集地抽打在棚屋上,发出令人牙酸的、千虫百爻般的细微之声。

一声巨响!几百米外的沙层沸腾着,宛如鲸鱼跃出海面,一块半弧形的遮光板和混凝土的地基被风连根拔起,很快被风力咬得粉碎,混进了沙暴当中,剩下的几块面板在沙堆上蹦跳着磨蹭了几下,燃起大火飞上了天，几点橙红的亮色很快融入了更危险深沉的黑色沙暴。

开始了，这是第一个。

不是他的土豆棚。

金羽心里欢呼，放松过后他才想起咽一下口水，干涸的嗓子如刀割一样疼痛，他喝了 V0 取来的水，仍旧回到窗边。

狂风的破坏远不止于此，第二个土豆棚，同样被掀翻在地，然后第三个棚也开始松动，金羽隔着呼啸的风声也能听到钢筋被拉伸、扭断的嘶鸣。

田地的主人一定是把几个棚连通换气之后忘记断开连接管了，金羽想到了自己曾经这样牺牲的一整块土豆地，感到惋惜。心里默默地计算着，1 平方米的遮光板是 10 瓶水，而一个土豆棚大概要 20 块到 30 块遮光板，可以说是赔得倾家荡产。

他回想着那块田地的主人，新来的中年男人，性格不错，在驿站见过几面，曾经低价淘汰给他一块旧的散热板，他总共有 6 块田地。也许因为他的儿子到了十四五岁找人学本事的年纪，这批土豆种得很急，有时能看到小孩跟屁虫似的一起进田，除此之外没见过他的其他家人。

飞快落下的沙子终于把不大的玻璃全部封死了，好像意味着悲剧短暂落幕，屋子里难得的昏暗阴凉，棚屋在沙地里缓慢地摇晃着，浮动着，累了一上午的金羽打起了瞌睡。

风吹了半个小时仍然不见减弱，原本固定在墙上的器械却撑不住了，如同人的牙关不断打战。第三个土豆棚燃烧起火的响动震断了固定锄头的搭扣，铁器砸在地板上的声音惊醒了金羽。他没管那个，他太累了，于是用毯子把头裹了起来，仿佛这样一切苦难就都不存在。

还在窗边巴望的 V0 眼前呈现出掉帧一般的画面，第三个棚瞬间就烧了一半，将断未断的管道牵引着第四个棚子慢慢地失去了平衡从沙下浮现，像是一场大地和天空的角力。

天空得胜以后，扯着战利品刹那间跑得没影儿，剩下小半段管道无力地垂在沙地上，蔓延了两个小时的风沙逐渐减弱，视线变得清晰。云谣滔滔不绝地通过 V0 的扬声器讲着农学知识："正月中，天一生水。春始属木，然生木者必水也，故立春后继之雨水。且东风既解冻，则散而为雨矣……马铃薯黑痣不忙扔，蚕豆生斑莫着急，种植大讲堂第 1005 期为您解答，今晚 10 点准时开讲……"

在断断续续的电流声中，整个北部营地已经被风沙包围，四面八方全部是山一般浑浊的、宏大的沙，这样弱小的颗粒竟然也有摧毁众生的蛮力，它们聚集着，巡行在土地的上空，好像势必要摧毁点儿什么，撕碎点儿什么，比如人类的营地。

V0 被挤走后无聊地在屋里转来转去，甩着小手绢把桌椅擦得锃亮，最后从架子下面找到一个喝空了的水瓶，惊喜地吃进肚子里。播报再次响起："受到北部冷气团影响，当前沙暴将出现短暂的间歇期，间歇时间约两分钟，请保持……"

它的声音随着风力攀升被切断，浑厚的风墙终于隔绝了一切消息；但几乎在断线的同时，V0 欣喜地叫起来。

"有人出来了！"它的机械眼睛迅速锁定了远处的小点，"他向第四个棚子过去了。"

金羽在毯子里发出一声呻吟，显得对这事没有兴趣。

V0 只静静地看了一小会儿就自说自话起来："又出来一个人，好矮，好瘦……哦，是个小孩。他们跑得太慢了。"

毯子被猛地踢了一脚，形成一座棱角分明的小丘，几乎看不出里面罩着个人，但没几秒钟，毯子山就缓缓地坍塌了，金羽慢吞吞地爬出来，只看到那人钻进了暴露在外的管道裂口。

金羽活动着自己的手指，想着如果是他自己会怎么办。断开连接是一个非常简单的小动作，只需要把几组螺丝拧松，哪怕松一点儿劲儿，剩下的土豆棚就安全了；可直到他的手指动弹完，那人也没出来。金羽焦躁地在窗边走来走去，脸涨得通红，在心里狂吼：松两圈就行了，不用都拧下来！

又过了几秒，才有人从狭小的口子里滚出来，他看到后跑出来的男孩，几乎发出了一声震撼沙丘的怒吼，抄起孩子就跑，但动作比之前迟缓了百倍，方向是偏的，速度又太慢。沙墙却精准无误地强势推进着，越来越近了。

"还有多久？"

"1 分 24 秒，23，22……"

金羽拿起自己的头盔和钥匙，骑上沙地摩托冲出了屋子。

天空昏黄，蓝色的太阳如飘零的荧灯，在沙尘中忽闪忽灭，风眼中的沙丘分外平静，沙地摩托快到了极限，几乎瞬间就到了那人身边。

"上来！"

那人认出他，抱着孩子上了车。摩托快出了残影，带着三人向着金羽的小屋前进。

密集的沙粒从各个角度打在人的脸上，侵蚀着暴露在外的五官，填平一切可用的空隙。金羽抿着嘴，连眼睛也睁不开了。所幸在摩托车的导航下很快到了家。金羽先让那人和孩子进了屋，正准备收起摩托自己进，武器便抵住了他的前额，刚刚调整过土豆棚的尖锥散发出泥土和机油混合的臭味儿，硌得金羽怔了一下。

男人见他没反应，又从腰间拔出了枪，黑洞洞的枪口对准了他。表情算得上凶神恶煞，鼻子和耷拉的嘴角连成了三角形："滚！"

金羽瞬间就明白了眼前这一幕的含义，他在心里把自己知道的所有狠话骂了一遍，举着手退回沙地里，男人却吼道："车也给我！"

男孩靠着门边向外看，脸上流露出怯懦和不知所措。

V0 对于屋外发生的一切毫不知情，尖叫着准备关门："还有 10 秒！进屋啊！"

金羽头也不回地跑向了被沙子掩埋了一半多的摩托，身后枪声呼啸，随后门窗道道上锁，风声淹没了一切。

　　土豆棚是最后的藏身地，摩托车的表盘显示速度已经到了极限，但他此时失去了对方位的判断，甚至怀疑自己在暴风中后退，风沙嘶吼着誓要填平天地间的一切沟壑，而戈壁滩上现在只剩一个最突兀的他。

　　在剧烈的狂风中，好像没有时间和空间的概念，眼前一片漆黑，耳朵已经半聋，身上也疼麻木了，渐渐地，金羽再也感觉不到自己的存在了。风如拳头般从四面八方捶打着他倒下，又托举着他上升，他察觉到自己像是一只飞行技巧拙劣的雏鸟，风里有许多的声音催促着他松开车把，他的意识也模糊起来了。

　　突然，一团黑雾瞬间扑在他脸上，这熟悉的感觉吓得金羽一激灵，摩托车的前轮冲进了沙中，车子熄火了。瞬息之间，他就被黄沙掀翻在地，滚烫的沙粒如同鞭子一般抽打在他身上，刹那间就没过了他的膝盖。那不人不鬼的雾团却几乎不受风的影响，鬼火一般悬停在他眼前，好像在静静地打量着他。

　　沙暴吞噬了这片区域，在金羽的视线里，那一轮散发着微弱光线的蓝色太阳暗下去了。在黑暗降临的那一刻，黑雾突然伸展开来，犹如野兽张开黑洞洞的口把金羽连人带车吞入其中。

三

　　金羽在剧烈的头痛中醒来，沙的温度正慢慢把他烫熟。他想站起来，但有心无力，酝酿了许久才搞明白手脚现在的位置。等到痛感逐渐衰退后，他一个关节一个关节地把自己从地上撑起来，四下打量后很容易便判断出了自己的所在。

　　天黑之前的九和小镇，现在日落之地，化生藤密林的边缘，距离北方营地 100 千米。巍峨高耸的化生藤林距离他躺下的位置只有几米，树枝缠结在一起，耸入云霄，刀劈斧凿般覆盖着日夜半球分割的边缘线。在树木之后，整个西南方的天空正酝酿着黑暗和死亡，厚重得可以拧出水的乌云长年不散，遮住了地面的景象，那是连阳光也不能窥见的秘密，是自从天黑以后就再也没有人探索过的上万公顷的沼泽，海洋与陆地动物的埋骨之地。

　　九和小镇的原生树种已经被化生藤绞杀殆尽，只能从地上的树皮碎屑看出大概是白桦之类的沙漠树种，有些树皮上还保留着红色的编号，可能是附近村落防风固沙工程留下的。这些树餐风饮露百年长到两人环抱粗细，却在突变中被化生藤杀死，这种死亡对于植物来说可以称得上残忍。

　　而化生藤，几乎很难将它和植物挂钩，密集的不定根组成了它的主干，在颀长的老干上基本找不到叶子，显得丑陋臃肿。这种藤树在接触到其他树种时会迅速伸出枝条，盘踞、勒紧，直到把它所环抱的生物绞死，而且它绞杀的速度快得惊人，金羽就曾见过它困死兔子、麻雀、田鼠，甚至蜘蛛，而对于野猪、麋鹿这样的大型动物，它有着更快捷的打法，在距离动物身体一定距离时，化生藤的枝条会放电击穿空气，电压可以达到千万伏特，导致电弧触电。它是目前已知的唯一一种放电植物，怪异而恐怖。它唯一的缺点是更加偏好潮湿黑暗的环境，因此，日夜半球边界处的藤木自发编织成了密实的网络，阻挡着阳光的深入，形成了对于两侧来说都相对稳定的界线。

　　金羽找了个尽量远离树林又不会被烤焦的位置来检查身上的东西：半瓶水、土豆花、一起干活儿的时候随手塞的土豆。他怎么也想不起当初为什么唯独把这块土豆削下来，也许是生了虫，也许是因为真菌，但总归不是什么好理由，但现在嚼一嚼却还有点儿甜味。

　　那团救命的黑雾在树下蹦蹦跳跳，起初金羽没有看它，它便悬停在金羽的耳朵边，飞舞时扇起的风激得金羽直起鸡皮疙瘩。每次他站起身要走，黑雾总能准确地拦在他的去路上，不发出任何声音，也不进攻，只是静静停着。

　　金羽别无他法，只能顺着它的引导向树林深处走去。到了无法飞行的密林中，它灵巧地降在地上，如鸟类一样小步蹦跳着前进，不时停下来观察身后的人有没有跟上。

　　水腥味扑面而来，掺杂着植物的腐臭。金羽掩住口鼻，但是避免不了身体剐蹭树干。粗糙的、苍青色的根系上覆盖着密集的纹路，如同孽龙的鳞片一般，轻轻地拂过他的脸颊。他闭上眼睛，脸色苍白，以一个死人的意志慢慢地向前探索着。

　　越是走向树林深处，越是安静，诡异的安静，更糟的是，面前几乎不再有路可走了。金羽侧着身卡在两根枝条之间，密密匝匝的不定根完全地贴他的两侧脸颊上。这是一个相当危险的距离，甚至在某个瞬间，他恍惚中感觉到这些树枝正在小幅度地动作着，而自己的脑袋已经被开了瓢。他强忍着呕吐的欲望，本能一般向上望着，想要透过漆黑的树顶看见一些光，哪怕是最细微的光，但那里漆黑一片，一只无毒的灰蜘蛛不知从哪爬出来，在他头发上结着网。

金羽找到工作用的小手电筒，拧开。黑东西正在他前方的树杈上跳来跳去，好像也在思考，过了一会儿，黑雾自己钻进了林子里，仍然是往前跳两步往回跳一步，它只有巴掌大，自然是灵巧的，却苦了金羽，他的脸被枝干挤得变了形，饶是这样仍拼尽全力把松动的左手伸过去，上面的伤口隐隐作痛，黑雾落在手背上，轻飘飘地向黑暗里跳一跳，金羽再伸手，它再跳一跳，几乎就要跳进触不可及的树缝里。这下，金羽的上半身挤在树之间，脑袋被枝干挡着向后挺，额头蹭在粗糙的树干上，手却随着黑雾向前摸索，腰和腿已经变成了多余，全身的重量只靠单边的膝盖撑着，他小声喊道："卡了，卡了，过不去了！"

黑雾好像也明白这已经是他探索的极限，身子一缩，消失在密集的根系中。

金羽顿时有种被骗的感觉，好在它立刻就回来了，拱着一只纤细的手。

手背莹白，紫色的血管轻微地跳动着，手指修长，手掌平而窄，在手腕处猛地收紧，是一个结实的手臂。

金羽头皮发麻，在夹缝中迟疑了足足5分钟，心生退意。黑雾威胁似的发出嗡嗡声，巡行在他背后。

他只能试探着去扯那只手，这才发觉原来这并不是一只死人胳膊，手臂主人的脉搏强健有力，但是似乎在夹缝中卡得严严实实，丝毫不能动弹，金羽不清楚这人的情况，不敢硬拽，只好把手电筒系在树干上，原地整理出一小片相对平整的落脚点，然后跪在地上边割藤蔓边往外一点点地挪动。

　　树洞开到轮胎大小时，缝隙里的身体才有松动的意思，金羽慢慢挪着，不敢惊动树枝，更怕拽断了那人身上的零部件，紧张之下，汗珠砸在地上汇成了一小片水洼。一只细嫩的幼芽感知到了珍贵的盐分，静悄悄地拱开地面，一卷便把含盐的水吸尽，但它并没有就此撤离，反而伸出细弱的枝条，顺着金羽的靴扣，蛇一般盘绕在他的腿上，周围的藤蔓似有所感，松开了束缚着林中人的枝条，并分出枝杈堵死了金羽来时的树缝。黑雾注意到了这一切，急切地在上空飞来飞去，发出嗡嗡声，却始终被藤条拦得严严实实。一只灰色的蜘蛛在金羽的耳朵和后脑勺之间飞快地织着网。

　　金羽的挖坑大业突然进展飞速，高兴之余根本没有注意到周围的变化，一鼓作气把人拽了出来，定睛一看，着实被惊了一下。

四

　　怎么说呢，这亮青色的外套，真是亮得晃眼。

　　金羽以为到这儿就算完了，没想到把人翻过来一瞧还戴着个蓝红相间的发圈，他忍不住笑起来。

　　手电筒的光已经非常昏暗了，借着光能看到这是位年轻的女性，她身形修长，衣领、袖口皆是扎紧的，头发乱蓬蓬地在脑后扎成髻，眉毛浓密，光洁的额头和脸颊呈现出和土豆一样的颜色，白，可是很虚弱，好像已经被树林的潮气夺走了生命力。

　　树网已经织成，缓慢地下扣，灰蜘蛛一跳便跳走了。

　　黑雾的嗡嗡声更大，它不断地搅碎身边的枝干，一块不大不小的木屑越过缝隙掉在那人的脸上，她睁开了眼睛。

　　那是一双极其黑的、深不见底的眼睛，没有什么表情。她拽着金羽向侧边一滚，顺势蹲坐起来，抽出刀三两下就将树网劈碎。她根本不理会抽搐的树藤，刀刃划在环绕在二人身边的枝干上，只辨认了几秒，其中一只便遭了殃，纠缠着金羽的粗枝如人一般痛得抽搐着退开。只剩那拽着金羽小腿的幼小藤蔓不愿离开，并且兀自收紧。他一边踢蹬，一边

016 | 涅　槃

用小刀划着，但它几乎嵌进肉里。在他挣扎之际，那人垂头看着金羽的腿，金羽从那黑漆漆的眼睛里看到了见死不救，紧紧抓住她的胳膊。

"能……帮帮忙吗？"

她没有说话，只是垂眼看着他，显得有点儿没精打采，虹膜中带点儿青蓝颜色，瞳仁极黑，那双眼睛里仿佛藏着不可捉摸的深潭，潭下有妖怪在向外窥探，漫不经心地一瞥就能让对方毛骨悚然。

她伸手在金羽的肚子上一抓，扯下一把嫩枝，塞进了嘴里。

一口没吞下的枝条在她嘴巴外面扭动着，渐渐地被锋利的牙齿全部嚼碎，只留下嘴角一点儿淡青色的汁水。

金羽惊恐地看着她，脑子里好像同时响起了自己和化生藤的尖叫，甚至感觉剩下的藤蔓扒拉着自己的力道更大了。

她的力气大得吓人，两脚就踹开了堵死的树缝，木屑横飞，单手便拖着金羽向外爬。他只觉得一阵天旋地转。两人很快钻出了树林，金羽一个跟头冲进了沙地，用滚烫的沙揉搓着腿，剩下的枝条很快在热量下扭结在一起，变成了几绺干草。

那冰冷的、蛇一般的触感终于被砂砾抹去，他这才回头找人："刚才谢谢你了。"

她还站在树荫下，高高大大的，斜挎着一只邮差包。看着沙丘，眼神有些困惑，向前摊平手掌，阳光落在她的掌心，随后她把手收回来放在唇边，好像在感受着什么。这样一个动作，她重复了无数次，好像是在进行什么仪式。金羽没敢打扰她，只从口袋里找到蔫了的土豆花，蓝紫色的花瓣一晃悠，黑雾就走不动路似的飘了过来，金羽感到自己的手指被轻轻地撞了一下。

"你是啥？"

它看起来如同一团黑色的火焰，四周的空气都微微扭曲着，有 6 对到 8 对翅膀同时支撑着动作，任何东西只要接近就会被这些锋利的翅扇撕得粉碎。它进食的时候从翅膀当中伸出针状的口器，像蚊子一样吸取着土豆花中的汁液。

金羽瞥了一眼远处的女人："你是苍蝇，还是蚊子？你身上不会有病毒吧？你跟这大土豆什么关系？"

可惜蚊子不会说话，只是不一会儿就把土豆花吸干，剩下的残骸一碰便成了齑粉。女人走过来，黑雾蹭蹭她的手臂。

"你好。"

她说话的声音很小，像是不习惯跟人讲话似的，金羽差点错过这句话了："你……你好！我是金羽。'飘飘乎如遗世独立，羽化而登仙'的羽。"

"聂常乐。经常快乐。"

"什么？"

金羽压根儿没听清，很大程度上是由于聂常乐几乎是在自言自语，而且她说着说着话，上半身不自觉地拧了90度，好像刻意躲避着什么似的，从脖子到后背构成了一个倔强的弧。

她又嘟囔了几个长句。金羽却只捕捉到几声气音，不自觉地，说话声音越提越高："什么？你说什么？"

"你太吵了，我耳朵没毛病。"

女人清了清嗓子，好像一架年久失修的机器终于找到了合适的音调："有水吗？"

声音低沉、粗粝，算不上悦耳。

金羽倒了一点儿水在手心里喝了，示意水没问题，把瓶盖拧好扔过去。

那人对他的一番行动并没任何表示，一口气喝了大半瓶，看样子渴极了。金羽犹豫着开口："你是夜半球的人吗？"

"是。"

两人几乎差不多高，金羽悄悄地观察着她，笑道："我以为夜半球已经没人了。"

"为什么这么说？"

"很久不见有人从化生藤里出来。"

聂常乐晃了晃瓶子，还给他："确实不多了。"

"那你是怎么出来的？"

这次，她回答得更加干脆："跑。"

"那么，现在小阿甘是要再往回跑？"

聂常乐竟然很懂地摇摇头："在化生藤里跑不了太快。"

金羽捧场地笑笑，打算抬腿走人，可是黑雾腾然而起，总是精准地挡住他的去路。他回头看看聂常乐，她踏出了树影走入阳光，原来她的五官长得很端正、很好看。她说道："方便借宿吗？我住在靠近边界的地方，化生藤的活动堵塞了我来时的路，得在这里待到它打开另一个出口，现在没地方去了。"

聂常乐平摊手掌递到金羽眼前："我可以给你夜半球的东西，我听说这边有人在找。"

新鲜的、刚采摘下来的叶片是化生藤水分最丰厚的部位，也是云谣收购的最贵的东西。准确来说，云谣收购有关夜半球的一切物品和信息，但嫩叶绝对是最抢手的玩意儿，其"价格"足够给摩托车供油半个月。

五

金羽心里乐开了花，假装为难地摆摆手，聂常乐却立刻把叶子塞到他怀里："收了东西就不能反悔。"

"出芽不到一周的叶片，很新鲜。"金羽捏了捏叶子，觉得指腹下的植物脆嫩且富有弹性，甚至还带着丝丝冰凉。他一瞬间觉得百病全消，神清气爽，身上也不疼了，脾气也不躁了，但还是不放心地反复确认："你真要跟我走吗？"

"不行吗？"

金羽使劲揉了揉眼睛，把蒙脸的汗巾往下拉了拉，狠狠向后扒拉了下头发，凑到聂常乐眼前，又问："你确定吗？"

聂常乐皱眉看着他，只看见视线里模糊的月白色光团靠近了些，带来一阵暖热的空气，干燥、热气腾腾，混着汗味；但是，她的选择没有任何变化："我可以给你加别的东西。"

"不用。"金羽挠了挠头，感到十分纳闷儿，转身去树丛里找摩托车，"你还挺有意思的。"

"什么？"

"我说,你人挺有意思的。"

聂常乐向他歪歪头,不解道:"为什么这么说?"

"没事。老板,老板,您这边请!"

昏黑的天空已经恢复了本色,刺目的阳光重新洒在沙丘。金羽骑着摩托满载而归,乐此不疲地把被沙暴变成无主之物的物品收入囊中。聂常乐也跟他一起捡,并且在金羽的指挥下扔掉那些没用的,留下真正有用的。她甚至还摸到了一只人的耳朵,从手感来判断应该属于某具干尸。聂常乐神态自若地踢了几下沙子,把它盖好。

这沙海下面最不缺的就是秘密,一粒粒沙从天而降,把人困在这沙漏中央,自己也被迫吞下许多苦果,也许时过境迁,当沙漏翻转时就会有一些秘密被抖搂出来,但是除了沙暴,没人有能力和精力去做这事。沙子还是日复一日、一粒接着一粒地落在头上,掩埋旧的,却不带来新的,最终所有人都变成了旧事,都变成了时间的标本。

二人走走停停,终于到了金羽的家,现场非常混乱,从天而降的遮光棚将屋子切豆腐似的一刀两断,鸠占鹊巢的人被砸中了头,脑浆都干透了,显然存活的可能性不大。14 岁的男孩本来还在废墟里专注地挑挑拣拣,见有人过来一转身就要跑,幸亏 V0 在男孩的背包里大喊:"杀人啦!有没有人管管这破孩子啊!我在这儿!"

金羽怒向胆边生,一把抢过背包,把机器人放了出来。

V0 高兴地原地转圈,比嘟比嘟地放起了歌:"大坏蛋回来了,小强盗滚了,现在时间凌晨 4 点,当前地面温度 61℃,建议在两小时内回到室内。"

金羽用个碎片把它砸了一顿:"小声点儿,嫌抢劫的不知道是吧?这是我的管家机器人,V0。"

聂常乐抱起它摸了摸。球形机器人的显示屏上飘过代表脸红的符号,机械臂不断向上扑腾:"别挠我,大侠饶命!"

聂常乐笑起来,把 V0 当成玩具,抛高又接住。她力气大,手上没轻重，起初，V0还故作娇羞地哼哼两声，后面则是实打实地惨叫了。金羽赶紧救命，叫它帮忙掀起一块板子。聂常乐却会错了意，以为金羽在使唤自己，手一抬就把近百斤的天棚掀了个底朝天。V0顶着一脑袋垃圾手足无措地捏自己的机械骨节："这是新来的机器姐姐吗？那我怎么办？"

金羽一钉子把它打走，惊叹着钻进面板下面清理着接口处的积沙："对，这块也抬起来。你别撒手啊，撑住。"

男孩往周围跑了几步，发现金羽除了抢走背包就没了其他行动，胆子渐渐大了，走到金羽面前，蹲着看了一会儿："我叫陆象。"

金羽正往底板深处爬去，根本听不到有人跟他说话，这声音只被聂常乐捕捉到了。

她低头看了看，腿边一小团白光，是个小孩呢，光团晃晃悠悠的，好像有些害怕的样子。

陆象乖乖地蹲在人形千斤顶旁边，时不时递个螺丝刀之类的小物件，直到屋子的框架再次立起来，排沙功能恢复。这时，沙丘上的温度也差不多能把人烤干。金羽大汗淋漓地钻了出来："你怎么还没走？"

"我叫陆象！"

金羽"哦"了一声，拧着汗湿的上衣，毫不在意地招呼其他人进屋。陆象像小狗一样，急得在他脚边转悠。金羽又看了看他，发现陆象额头被晒得通红，细软的头发贴在脑门上，更显得圆头圆脑，脸颊和嘴角已经晒得开裂渗血，浓眉大眼的，可是眼里带着水光，眼下青黑，和几小时前温顺可爱的样子判若两人。

陆象嗫嚅着开口："我能和你一起住吗？"

金羽笑道："奇了怪了，我今天魅力这么大吗？谁都想跟我一起住。"

"求求你！我已经……没地方去了……"

他一边说一边用手背揉着眼睛，好像又要掉下泪来："求你，求求你！"

金羽拽着他后颈处的衣服，把他扯得离自己远一点儿："手别揉眼。

我问你，你凭什么站在这儿跟我讲话？你爸呢？"

陆象捂着眼睛不想看他："你明知故问！"

金羽也撇撇嘴，学着他的哭腔："那你爹抢我房子的时候，你人呢？"

他抬起眼，嗫嚅了半天才说："我只是个小孩……"

金羽没再理他，转身回屋。聂常乐走过来摸摸他的脑袋，她很少见到小孩，故而捏捏他的脸："还不快跑，他一进屋就要点东西了。"

陆象心里已经明白她做不了这个家的主，所以没顾上听她的话，仍然站在门口大喊大叫，打算溜进去。金羽一伸腿就把他绊倒在地上。陆象在地上打了几滚，还是爬起来，不敢走门了，只是扒着窗户大叫："你怎么能这样?!"

窗子开了，金羽从屋里清出一桶沙："小强盗，走开，走开！"

"早知道就让那些人来抢了！反正你也不管！"

屋里静了两秒，紧接着，传来搜罗东西的杂乱之声，还有金羽对V0的大吼："我的小金库让谁给撬了！"

陆象顿觉不妙，抬腿就跑。金羽嚼着冷土豆出来，倒提着男孩的脚，找到了他偷偷摸摸藏起来的两罐水、几克糖、一包盐，搜完了，再次把人扔到沙地上："没我的允许进我屋早被打成筛子了，要你照看？啥时候把损失费结一下？"

陆象气得大吼："丑……八……怪……"

六

聂常乐和 V0 挤在窗户边等着听连续剧的结局，赌着两边谁先心软，最后，金羽大摇大摆地抱着瓶瓶罐罐回了屋。V0 大失所望，去烤土豆了。

"他没走远。"聂常乐手里玩着钉枪，侧耳听着，周围窸窸窣窣的杂音里夹着几声清晰的怒骂。

金羽把枪身往下压了一点儿："你找嫦娥呢？要打快打，别等人跑远了再试探我的底线。"

屋子非常狭窄，墙壁又薄，飞沙打在外壳上发出下雨般的声音，遮阳板开始运作以后，室内的温度慢慢降下来。

金羽出完一口恶气，觉得身心舒畅，把墙上掉落的器械按照大小和用途重新归位，顺带整理带回来的战利品："他会走的，外面的温度，他活不了多久。那个吃我土豆花的是什么？"

"十方三世。"

聂常乐拍了拍布包，"采花贼"便从中爬出来。聂常乐合掌捧着它，就像捧着一只蝴蝶或雏鸟，脸上露出爱惜的神情："十方是夜半球特有的生物，可以在黑暗的地方穿行。"

在房屋的阴影里，她的眉眼轮廓仿佛更加深刻了。金羽仔细看了看，觉得她的眼睛里好像没了蓝光，只是一双普通的眼睛，接着问："在任何黑暗的地方来去吗？"

"任何，但是在有化生藤的地方或许会出点儿差错，送头不送腿的那种。"

十方骄傲地飞到房子中间，转了几圈，像要发表演讲似的嚷了几句。金羽想到它在风沙中张开的巨口，只觉得越看越爱，扔给它一根土豆条。十方腾地一下躲开了，在天花板上留下了一个坑，灰溜溜地被聂常乐薅回了包里。

金羽笑呵呵地盯着她的背包，实则琢磨着怎么把十方偷出来玩一下："这么厉害的撒手锏，你就轻易告诉我了？混社会的能力有待提高啊，不怕我把这个……小兄弟拎出去卖了？"

聂常乐坐在垫子上慢条斯理地嚼着土豆条，黑漆漆的眼睛自下而上看过来时显得不那么阴沉，反而含着点儿笑："你的左手在发炎。"

金羽觉得喉咙一噎，直到这顿简易早餐吃完也再没说话。饭后，两人各怀心事，心照不宣地做着事情。金羽把叶片放在靠近窗边的位置晒干，问："你还有多少化生藤的叶子？"

"足够付我的房费。"聂常乐声音闷闷的，她正无比专注地埋头在一张破破烂烂的布上刻东西，小刀飞快地划过布面，留下一道不规则的短线，然后立刻停下，思索一会儿又从另一个角落开始划，像是在进行什么摸不着头脑的游戏。十方在她乱蓬蓬的头发里找了个窝，把自己伪装成一个发髻。

"这么新的叶子不多吧，你从哪找到的？"

"化生藤长得太快，要找新芽得提前找到未破土的……你们为什么找这些？"

"不是我找，云谣说它需要，所以我们为它找来，这一片叶子可以换很多水。"

"云谣?"聂常乐还是摸索着,刻画着,"是天黑前负责青阳市地堡运行的那个大型自然智能吗?"

"云谣现在控制日半球地面所有的信息和资源,吃的、喝的、用的、学的,都从它那来,想要东西就得帮它干活儿,种种植物打打铁,修修通信桩之类的。你俩认识?你不是夜半球的人吗?"

"嗯,天黑时,我 13 岁,听说过它。"

"巧了,那时候,我也 13 岁。"

聂常乐平静地看了看他,金羽尴尬地挠头:"要不,我叫你一声哥?"

"天黑前,很多城市发了公告让居民进入地堡,好像是在那个时候听过云谣的名字。"

金羽嗯了声,用瓷刀刮掉嫩芽上的黑斑,这样看起来品相更好些:"昼夜半球分开以后,日半球地面的幸存者挖开了地堡的通道,发现了幸存的云谣。尽管它在全球各地的通信桩只保留了千分之一,但足以保持各个幸存者营地之间的联系,同时它也是人类资料的唯一备份,储存了大量的农学、军事、工业知识;可是,现在日半球的环境太过脆弱,云谣再全能也不能凭空造物。所以,我们互相撑腰,一起找活路,明白?"

"有所耳闻。不过,我们那儿的人一般都说,云谣为了完善自己的算法,吞掉了地下避难所。"

"你们那儿的人……还真是不同寻常。"

金羽迅速回头瞥了她一眼,聂常乐正在收拾碎布,但那一堆破烂看起来很难工整地攒成一个卷。她用力地攥着,把东西捆扎好:"这很奇怪吗?它本来就是被人类捕捉到的自然算法,优化才是它的本能。"

"倒也不能看谁都这么坏,云谣……应该是善意的吧。我们这种人身上可没有值得图谋的东西,它帮助我们做了很多事情。也许它并不是一个,呃,没有感情的机器,或许它是个朋友?"

"太不相同的人可不能成为朋友,只有相同的才能成行。"

金羽烦躁地直挠头，好在 V0 这时擦完桌子自己溜到角落充电，眼睛一闪一闪地闭上了："睡觉啦！24 个小时不休息严重影响肝肾功能。蚁穴破堤，蝼孔崩城。小心，小心再小心！"

"马铃薯课还有吗？"

V0 道："现在是早上 7 点，课程在昨晚 10 点，早结束了。王老师点名，问你为啥缺课，我说你被刮跑了。"

"行吧，下次再解释。"

于是，两人各占着一个垫子躺下休息。聂常乐睡的地方离窗户更近，阳光金灿灿地打在她的侧脸上，照得她沁出的汗珠都在发光，睫毛卷翘得像天使。

金羽悄悄爬着靠近，毫不意外地脑门上挨了一下。聂常乐手里反拿着刀，困惑地歪头朝向他："怎么了？"

金羽用手在她面前一晃："你是不是瞎了？"

听到这句话，聂常乐几乎迅速皱起了眉毛，嘴唇抿成一条线，看起来极不高兴："我能看见。"

金羽伸出一根手指把刀把推开，得意地"啧"一声："我早看出来了，你在夜半球长大，第一次出来马上就能瞪个大眼到处瞅，你看不见吧？"

聂常乐一笑，露出两颗雪白的、啃过化生藤的虎牙，刀尖精准地点在金羽的鼻尖："能看见。"

金羽哎地叫了一声，往后退了退，但呼吸声在距离她的脸很近的地方，忽上忽下，忽左忽右。聂常乐烦得以掌代刃扇他，声音立刻退远了，而且带着笑意："再给我一片叶子，我让你看得更清楚，保证物超所值，试一下不吃亏啊！"

"实话说吧，这个也是我的独门秘方，轻易不外传的，要不是我这屋子刚拆迁完，乱七八糟的，急等修复，我也不能跟你开这个口啊。你看看这房顶的豁口，你再看看这两半的散热器，看看这一地的杂活儿，再看看这瘪了的锅……"

聂长乐平躺着，眯着眼看那团光满屋子晃荡，走到东边叨叨叨，指指西边叨叨叨，闭上眼睛吼道："蚁穴破堤，蝼孔崩城！睡觉！"

七

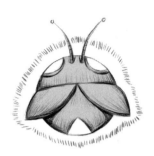

三小时后，金羽被怀里冰凉蠕动的东西惊醒，他睡眼蒙眬地低头去看，一只化生藤的嫩芽正拽着扣眼跟他打招呼，汁水丰沛的新叶连边缘都是圆润的，玉一般闪烁着柔和的光，分外俏皮可爱。

金羽的脑子还没彻底明白过来时，身体已经先一步行动了，像地主老财看见金疙瘩似的捏起叶子就咬，黏稠的树汁涌进口腔，苦得他彻底清醒了。

苦，并且酸，还麻嘴，咬完以后，口腔里长久地留下针刺般的痛感。这主要是因为叶子中的蛋白酶在侵蚀着口腔黏膜，和菠萝同理，当人在吃化生藤叶子时，它也在"吃"人。当然，其中也有微量电流的功劳。

天顶上的裂隙把屋子从正中心劈成了两半，估计是"半夜"又发生了二次塌方，断裂处更狰狞了。聂常乐的铺盖已经变成了她补天的趁手道具，听到金羽醒来的动静，她从 V0 头上跳下来："我们现在去换东西吗？"

金羽用抹布拽着舌头斜眼一瞟，她还是上黄下黑的扎眼装扮，但是一回头就暴露了端倪，脑后那个乱蓬蓬的发髻已经梳成了披散的马尾辫：

"去，你别紧张。"

聂常乐不自在地应了一声："没紧张。"

金羽把带着牙印的鲜叶子锁好，取出晒干的那片，骑着摩托出了门。他开车，绳索、筐子、废旧水瓶和聂常乐在后座。按照以前的计时法，现在已经接近中午，但外面和昨天二人从树林出来时没有任何区别，天地间只有澄净的蓝色和金色，那金色是太阳赋予的，均匀地散落在沙丘上，也落在人们的面庞和头发上，使一切都变得干枯、衰老。当那些枯木般的陌生脸庞发现苍白的聂常乐时，试探、戒备都更重了。

好在摩托车的速度足够快，一切都很快消失在车轮卷起的黄沙中，好像一场幻觉似的，只有沙丘上留下一道道波浪般的印痕。起初，沙子还如水一样流淌着，却在某个奇异的节点凝固住，而后被合拢过来的沙丘缓慢地熨平。在这里没有什么是人可以改变的，一切都是不变的，遵循着天地的规律缓慢地行动着，没有剧变，没有任何刺激的因素，时间是一切的主宰，这里留不下生命的痕迹。

摩托终于停下，两人到达了交换物品的站点，"驿站"——金羽是这么称呼的。聂常乐一踏上地面就觉得异样，脚下的地面坚硬且凹凸不平。十方不安地撞击着她放在包里的手。她轻轻地拍着它，保持着自己的声音不颤抖，但还是默默地踮脚："我们踩着化生藤的……死……枝……吗？"

而且不是一般遵循本能猎食的枝干，是化生藤中处于非常核心位置，狡诈的、凶残的、极其壮硕的枝条，从不定根的直径来判断，它们至少有数百年的生命了。聂常乐绝望地向下看看，那是一个个巨大的漩涡，尽管大部分已经凝固了，但其中不乏仍然在缓慢转动着的部分。聂常乐觉得自己已经站在地狱里了。

金羽锁好了车，斥退周围蠢蠢欲动的人，热情地介绍道："是啊，这儿就是原先地堡的入口，被化生藤糟蹋得乱七八糟了。"

金羽发现她自从问完那句话后就变得出奇安静，寸步不离地贴着自己。金羽受宠若惊，殷勤地拉着她排队进洞。

两人在队尾等了一会儿，有几个中年人叫金羽过去，他便把东西都交给了聂常乐。她顶着两人沙暴后拾的一大块破碎的遮阳板，一手提着摔碎的水瓮，一手掐着几株豆苗，身上挂着大大小小的几个口袋。排在她前面的人看她和金羽一起来的，东西又多，跟自己的伙伴笑起来，里面夹着的一句话可让她听到了。

"又是他偷来的吧。"

聂常乐一脚踢翻了对方的麻袋，里面的东西滚了一地，队伍周围逡巡着的几个小孩立刻冲上来捡拾。那人大骂着打孩子，但孩子们个子矮又动作灵活，抢了东西很快跑远了。

她还想抓着人问几句，但是金羽此时刚好回来了，看了下这二对二的格局，他的同伴搡着他朝队尾去了。

金羽莫名其妙地挨了那人一个白眼，问道："怎么回事？"

"我打人了。"

金羽被她的理直气壮噎了一下，简直要笑起来："要不要我帮你道歉？"

"道歉不用，是他先骂人的。"

"他骂什么了？"

聂常乐突然提高了声量："他说我偷东西，我没偷，你也没偷。谁叽叽歪歪，我就打！"

金羽无奈地笑她跟吃了炮仗似的。此时也快轮到两人进驿站了，金羽把她头上手上的东西接过来引她进去。聂常乐贴着墙根，摸着树枝，感受着手掌下的部分，不定根紧紧纠结在一起，组成了粗糙的树藤，而藤蔓密实地包裹着原先地堡入口的金属构造，轻而易举地把一切匠造的痕迹都拉扯变形，哪怕现在它们已经失去了生命力，但依然死死地绞缠在一起，向驿站的深处涌去。枝条上不乏被大型武器击中的断茬儿，那横截面如烟花一般炸开，随着沙层的积累被凝固成了历史。

　　进入斜向下的坡道，聂常乐冻得打了个寒战。金羽拉着她的衣摆带她往前："这是当初发现云谣的地方，温度比较低，我们一会儿就出去。"

　　她跟着金羽慢慢地走着，洞里非常安静，静得只剩下呼吸声和脚步声，脚下、身侧、头顶的树藤几乎吸收了一切声音，它们形态各异，但无一不是狰狞而狂乱的。十方不安地抖动着，翅膀扇动得更加频繁，发出音调较高的"嗡嗡"声。下行5分钟后，两人到了一个相对平坦的地下平台，所有地表的化生藤几乎都聚集在了此处，原先的空间已经面目全非，入眼再也没有一丝一毫的人工痕迹，甚至连稳当地行走也相当困难。云谣的交换口是个下沉的金属平台，只要把东西放上去，会由射线进行扫描估数、计算等价物，最后由悬臂取送物料。在此过程中，金羽一直保持着相当卑微的造型，平台狭小得已经不允许他直起腰来了。

　　趁着金羽换东西的空当，聂常乐摸索着墙上的藤蔓慢慢探索着。突然，一个懒懒的声音在她耳畔响起："走啊，在这堵着，等开席啊？"

八

十方吓得立刻噤声，聂常乐同样一惊，因为她没有听到任何脚步声，身边除代表金羽的光团外也没有任何其他活动物："你是谁？"

另一道相对沉稳的声音响起来："不差这一会儿，这里面人可多了。"

"烦死了，真想把他们杀光解解恨，谁挤我？去你的！"

她用手向四周探了探，既没有墙壁也没有预料中的人："你是谁？是云谣吗？"

十方隔着布片不住地拱聂常乐手腕。她感到头痛欲裂，好像有1000根钢针牵引着她的大脑，当那些复杂的声音完全从她的感觉中消失时，她意识到自己已经失去了自控力。此刻她正在金属和泥土之间穿行，面前是密集的电网，近20米厚的混凝土防护层让她差点儿死在里面，随后是复杂的管网，又一道夯土和碎石构成的屏障。除此之外，那些密集的、始终不断的枝条摩擦声也有了含义，那是一些声音正讨论着从哪个方位更好攻入地堡，它们"说"的每一句话都让聂常乐感到一阵扭曲的、阴暗的喜悦，畅快得想要放声大笑。在这钝刀子的折磨后，随着巨大的破碎声，她终于摆脱了潮湿和泥泞，所处的空间一下变得异常明亮和广阔，散发着光芒和热量的灯柱刺痛了她，让她觉得恼火。聂常乐狠命地绞断了它。惨叫声从西北角蔓延到整个场所，大厅人潮涌动，尖叫声、脚步声、爆炸声、起火的警报、受伤的痛呼在她耳畔不断放大、回荡，一条主枝自下而上地掀翻了地板，爆炸声在她脚下极深的地方响起，伴随着上方破碎的空洞，把此处变成了炼狱。

"小妞，你是哪位啊？挺厉害呀。"

那个懒懒的、阴柔的声音再次响起了，摇晃着和声音极其不符的粗大身躯把天花板捣烂。

"你是谁？"

"哦，我叫豆豆。你呢？"

"我叫乐乐。"

"哦。我记得你之前老在家里哭哭啼啼的，不愿意来，这是想开了？"

之前响起过的低沉声音在上层叫他们了："赶紧过来，二层有事儿干。"

"地上二层，还是地下二层啊？你不说清楚，我怎么过……"

"别废话了！"

缝隙里探出一条藤蔓，重重地扇了豆豆一下子，几乎把它抽得打了个滚。它这才一连声地应了开始往上爬，臃肿的身子把本就破碎不堪的地板又压塌了一大块。聂常乐差点儿掉下去，便用一根粗枝卷着裸露在外的钢筋稳住身体。她认真地对豆豆说："其实我是人，我不是树。"

"我管你是横是竖，快走，快走！它一会儿下来抽咱们，就完啦！新官上任三把火，可别烧到你和我。"

聂常乐闭上了眼睛，用尽所有力气回忆着属于人类身体的那一部分，她掐着指尖，一颗细小的木刺随着血液飞溅出来，被十方绞得粉碎。她耳边的声音终于渐渐低下去了，她倚着墙，再也控制不住地干呕起来，大颗大颗的泪珠砸在地上。金羽回头时刚好看见这一幕，吓得魂飞魄散，立刻放下手里的东西跑过来："怎么了，怎么了！我不刚走一会儿吗？是

034 | 涅 槃

摔倒了？摔哪儿了？"

聂常乐用胳膊遮着脸，慢慢地平复心情："想起伤心事了。"

金羽像哄小孩似的拍拍她的头："想起地堡的事了吧，你家人是不是也在这下面？没事的，都过去了，回去给你做好吃的。"

聂常乐推开他，用手撑着膝盖站起来："云谣是不是可以看别人的意识？"

金羽虽然不明白她是怎么跳到这个话题的，还是如实点点头："我猜可以？它放出的消息说，在天黑时受损严重，遗落了许多关于化生藤的关键知识，如果有人发现可以随时交易。我想，既然是交换意识、记忆、理论、推演之类的信息，肯定会涉及一些意识层面的技术。"

过了一会儿，他不确定地推翻了自己："也不对，我们那个讲课的王老师就是被云谣聘请讲课的，我记得他们签了纸质合同。王老师眼神不好，还是我给他看的。"

聂常乐缓过来一些，说话也连贯多了："那咱们在它面前不就没有秘密了吗？"

"应该也是要双方同意，它才能行动吧。据说，它有一套挺复杂的人类保护机制。我是搞不清楚，有空儿给你问问别人。走不走？我要去土豆棚看看。"

说话间，两人出了驿站，聂常乐感受着扑面而来的热浪，只觉得仿佛又活了一世："我跟你一起。"

九

　　两人前往土豆地，开始清理沙暴留下的烂摊子。修补外壳，更换面板，施肥，灌氧，育苗，浇水……十方再不好意思进土豆棚，自己飞没影了。

　　聂常乐在树林里从没接触过这些活计，一开始还觉得新奇有趣，干多了就不免腰酸背痛，后来便觉出手臂被晒得发痒。她把手掌贴在上面，觉出针扎般的刺痛，问道："几点了？"

　　金羽踢了一脚在旁边唱歌的V0："大哥问你呢，几点了？"

　　V0伸出刷子掸掉了身上的脚印："晚上8点刚过，是夜生活开始的时候。"

　　金羽哈哈大笑，刺目的阳光从指间挥洒下来，几乎连手掌也被穿透成血肉的红色："走吧，今天就这样。"

　　聂常乐挡着眼睛抬头望天，那个通天彻地的光团并不在她的视线里，只觉着面颊滚烫，除此之外，没有风，没有云，没有飞鸟："这就开始夜生活了？"

　　"是，回去休息休息。你不主动说撤，我都不好意思劝你，已经干了不少活儿了，回吧回吧。过两天，土豆就能收了。"

嫩芽换了 6 瓶水，金羽难得地煮了两个土豆，煮土豆的水作汤。等着土豆晾凉的时间段里，他摆弄起了给聂常乐的义眼。

"你以前是哪儿的人？"

"朱明城。"

金羽搜索了一下自己模糊的记忆，想到天黑前全国人民都想让自家孩子去朱明城上学落户，还没来得及讲，V0 说话了："朱明城坐落在我国西北地区，四季如春，有着丰富的生物资源和全景式的生态环境，具备多所生物实验室、计算机研发中心，其中执牛耳者是位于朱明市东部的生命锁钥，致力于生物机械研究，是云谣的捕捉点、小凤凰飞行器的诞生地、化生藤研究的最前沿。"

金羽顿时不好意思再开口，偷偷瞥了一眼聂常乐，没想到聂常乐听得比他还认真，连土豆汤都放下了，边听边点头。

金羽好奇道："云谣是怎么抓到的？"

V0 又说话了："云谣能够在研究者的控制下进行学习，并且体现出高度的自主性，但它的源代码实际上来自生命锁钥一项医学研究课题的意外发现。课题人员在使用功能性磁共振成像技术时，发现了始终难以脱去的算法错误，软件不仅不能反映被试的，大脑活跃状态，而且错得相当离谱，甚至在大脑处于静止状态时软件仍然呈现出高度的活动；进一步研究发现，软件显示的活动是算法自身的活动而非真实病例的情况。由此，生命锁钥的研究者在网络上进行了为期五年的围猎，最后成功捕捉云谣，并对它进行了'人化'的完善。这段内容来云谣信息库 08440。"

"朱明城坐落在祁连山南麓，党河穿城而过，将朱明城纵划为东西两半。朱明城的发迹与党河也有着密不可分的关系，河流在朱明城以南，星星峡党河骤然东折，水流、地势共同造就了复杂生态环境，为朱明城的生物资源铺垫了绝佳的平台。水流成年累月向下侵蚀切割，形成玄英峡谷，落成九连瀑布，河水湍急浑浊，不能行船通商，古来党河春日凌汛、夏汛时河水暴涨，顺着平缓的西岸漫向河缘驻地，朱明城首当其冲，因而发展迟缓。为了治理党河凌汛泛滥，当地政府浇筑王子大坝，主、副坝总长达到 1 千米，配备 12 台发电机组，为低水头径流发电。筑坝后，九连瀑布缩减为一段落差逾百米的三叠瀑布，其景可称为‘鑿开青冥颠，写出万丈泉。如裁一条素，白日悬秋天’，尤其春季河水潺流不止、冰凌遍布其中，成为玉带琉璃一般的美景，因此被称为琉璃瀑布。王子大坝周边发展冶金矿业、机械制造，推动了朱明城的发迹，城内呈现出西北地区不常有的交流四水抱城斜的特征，朱明城凭借其内陆优势、交通区位、独特的小气候，与澄江生物群、龙凤山生物群等构成了寒武纪动植物发掘、生物能源开发研究的绝佳场域，但朱明城在天黑之日湮灭在了黑夜当中，已经近 20 年没有任何消息传来。这段描述来自云谣信息库 96814。来自朱明城的消息属于重点收集情报。”

对于以往的地球人而言，天黑是一个模糊的时刻，二分二至、东西南北，每个人心里的天黑都是不同的，可能是下班放学铃声响起的那一刻，街道小巷华灯初上的时候，或者打开电视所有频道都只有一种选择的时段，但是从某天开始，天黑变成了一个凝固的永恒的节点，它像一只巨手，揉乱了这本满页文章的历史之书，用血腥的、冰冷的、痛苦的颜料将全本涂成漆黑，成为笼罩心头、挥之不去的荫翳。

十方从包里飞了出来，在屋子上空不停地转圈，仿佛骂人一般发出巨大的嗡鸣。聂常乐听得出神，两只手杵在腮帮子旁边，留下一对红脸蛋。金羽干笑两声，想缓解一下气氛：“你不是在那边长大的嘛，知道什么一手资料不？能拿来换水，哈哈！”

“起初，我跟着一些人在城市里躲着。后来，化生藤的破坏越来越强烈，我们就逃了。到边界线时，已经不剩几个人。后来，我就在树林里迷了路，遇到你。”

“标准经历，估计不能换水了。”

“嗯。”

"那边是什么样子的？"

"漫长的、安静的黑夜，好像城市睡着了。起初，有人搜刮食物、抢修电力，想要重启城市，也成功过一两次，但很快就不行了。因为化生藤会追随着电信号攻击活物。公路、楼房、管道、墙壁不断积水坏死，不到半年的时间，城市就倒塌了一半多。化生藤会不定期活动，需要不停地逃跑。城区以外遍布沼泽，到处都是冷的；不过，我有十方，它有时会收集日半球的消息给我。"

"不是，我的意思是没天黑的时候，那边什么样啊？"

聂常乐沉默的时间更久了，屋里只剩下轻微的焊接声。她把头转向窗外，用不存在的视线盯着那条代表日落之地的黑线："朱明城有百花节，周围五省的花农、果农、蜂农会提前半年开始准备，只为赴一场花期，数百亩花田上布满四季花木，从早到晚，万花盛放，绵延一月，挺漂亮的。你也别光问我，你家人呢？"

　　金羽操纵着护目镜，他的视线落在集成电路板纵横交错的耦合线上，正看得眼花缭乱，直到装配完成也再没人说话。

　　聂常乐以为他生气了，窘迫地把 V0 拽到怀里盘，过了一会儿，听到金羽摘下镜子，道："你刚才是不是问我问题了？我没听着。"

　　"没问。"

　　"我想起来你问什么了，我和我家人在地堡外面走散了，我现在也没东西问神奇海螺，就打算先放着，等攒够钱再问，说不定什么时候自己能碰见。你刚才说看花，所以你不是天生眼盲？"

　　"我不是眼盲，只是在夜半球不需要多好的视力，不知不觉就这样了。"

　　聂常乐笑了，露出两颗虎牙。金羽也被感染得高兴起来："你站起来，面对着我，咱们测试一下你的新眼睛。"

　　她毫不迟疑地转向了金羽的方向。

　　"可以啊，判断得很准确。"

　　聂常乐觉得额头和脸颊上被贴上了冰凉的金属，温热的触感一闪而过，大概是金羽的手指。她感受着金羽的动作，冷静地开口道："如果你保持初始值的话，我会被电冒烟的。"

金羽赶紧把参数调小些："你知道我给你戴的是什么啊？"

"知道。外接式的义眼，通过电流刺激大脑初级视皮层触发压眼闪光形成图案，和眼冒金星是一个道理。"

"是，之前不算新鲜东西，现在这玩意儿可宝贝了。你在夜半球用过？"

"夜半球不能用电，我只是知道。"

"哦，我给忘了。"

"好了。"金羽撒开了手，退后几步，"摸摸你的左边太阳穴，这个贴片可以帮助矫正电流和进光量，你自己调整到适应的光线。有问题叫我。"

聂常乐嗯了一声，自己琢磨去了。

金羽回过头收拾新收的土豆，挨个把玩看品相。V0围着他转来转去："大坏蛋不好意思了？"

他心里嘀咕着撒了把沙在地上，V0惊呼一声马上投入工作。

身后半晌儿没声音，金羽拿着土豆颠来倒去地看，头也没回道："搞好没有？不会把你电麻了吧？之前，事先说好了啊，这东西也是别人给我的，我记得他之前也被光敏症折磨过几年，后来把东西给我用了。冤有头债有主，你要是被电了，别怪我。"

没有回应，他心虚地回过头，看见聂常乐站在窗边，一副看傻了的样子。

她的眼睛捕捉着光，调整着贴片，视线里的光芒越来越盛大。

阳光洒在坚硬平整的戈壁滩上，滚烫尽头淹没在黄澄澄的沙漠中，在蔚蓝而无妨碍的天幕映衬之下，澄澈的金黄色沙丘和地起伏，重重叠叠，投射下柔和的曼影，广阔的金如海洋般扑面而来，拥抱着这片生命的孤舟。

她转过身，金羽一手一个土豆，看着她笑："就爱看你这没见过世面的样儿。"

聂常乐一下木在了原地，随后又为自己这一瞬间的错愕感到更加手足无措："你……我……我……"

金羽自嘲地笑笑："不用替我难过，我都已经习惯了。"

听罢这话，聂常乐的神情更加不可思议。她的眼睛一下瞪圆了，光芒点亮了漆黑的深潭，红晕如藤萝从她的脖子快速攀升到脸颊，染红了眼尾。她几次开口都组不成一句完整的话，结结巴巴的，眼睛止不住地往金羽脸上瞟："你……你的意思是，就是说，你的脸本来就是紫色的吗？"

"哈？"

金羽一呆，随后明白过来，尽量绷着脸把设备取下来调试："这个东西成像时很多颜色是根据储存的原始数值推论的，要是你看见什么颜色奇怪的东西……见怪不怪，其怪自败。"

聂常乐捂着眼睛闷闷地应了声。

过了一会儿，她重新戴上贴片，这才仔细看了看金羽："你……"

话还没说完，就被金羽截住了话头："我什么我，给我把广播抱过来，我听王老师讲课。"

聂常乐站起身找东西去了，但是视线时不时地仍然落在金羽背上。

王老师开始在课程回顾里说上期马铃薯、蚕豆养护的内容，特意点了一下金羽的名字。这时，他正盘腿靠在墙边，一边膝盖上支着本子，单手飞速写笔记，另一只手掂着个刚煮好的土豆，估摸着不烫手了，递给她："吃。"

聂常乐拿起土豆，瞄着一个疤看了半天，也想不明白为什么金羽给自己起了个土豆的外号。想着想着，她咬了一口，只觉得又软又烫，回味好像有点儿甜。

金羽这边本来就心乱如麻，余光看到聂长乐蹲在跟前啃着土豆，跟看菜似的目不转睛地盯着自己，便道："有啥问题，想问就问。"

"你的脸怎么了？"

金羽的右侧脸上是大片大片的伤疤，烧伤造成的不平整的皮肤上还有不少划伤。尽管这些疤痕随着年岁增长逐渐恢复了些，颜色淡了，但那和正常皮肤不同的部分看起来还是狰狞而丑陋的，顺着脸颊到脖颈，一直没进了衣领。他的右侧眉毛被疤痕截住，只剩一半，有点儿凶狠不近人情的意思，可是眼睛圆而有神，睫毛温顺地垂落，当他盯着笔记本的时候，眼中好像有神光，显得专注而认真。

"吓着了吧？忘给你打预防针，我之前进土豆棚没注意气体指标，被燎了一下。"

聂常乐握着土豆，点点头："挺酷的。"

十 一

"可别哄我，我知道我自己长什么样。你当时刚从树林里出来，看见我一点儿反应都没有，我想肯定是眼睛有毛病了。这不，一猜一个准儿。"

聂常乐眯了眯眼，视线里那个白色的光团黯淡下去了，好像有点儿沮丧的样子，再一睁眼，觉得金羽现在这样挺精神的，尤其是一对闪闪发光的大眼睛显得特别诚恳："我不瞎，我觉得挺帅的。"

"不觉得吓人？"

"反正吓不到我。"

吃完饭，金羽给她找了一小块磨平的金属，让她看看自己。

聂常乐认真地举起小镜子，疑惑地摸摸袖子，又摸了摸脸，抬手就把发圈摘了，嘴角的土豆渣子也抹了。

金羽忍着笑，问："怎么样？大哥，对自己的长相还满意吗？"

聂常乐散着头发，长眉入鬓，浓密的睫毛下，深褐色的眼睛平静凝视着倒影，脸颊和嘴唇在热气蒸腾下呈现出瓷器般的粉白，显得冰冷而艳丽，她把前额的头发捋开，一寸一寸地抚摸自己的额头，随后便把圆片倒扣在桌上:"挺酷的,睡了。"

沙尘如流水一般冲刷着墙壁,有天然的助眠效果。金羽的睡眠质量好到惊人,几乎一沾枕头就睡着了。聂常乐则睡不着,她把手覆在胸口,感受着心脏沉重地跳动着,一声又一声,好像一只固执的野兽,无论如何都不肯停下。她环顾整间屋子,没有家具,没有箱柜,墙上挂着农具,摩托车的维修部件在地上堆着,几乎无处落脚,连片多余的纸也找不出。她摸了摸身上的毯子,触手是暖热、结实而干燥的,没有任何潮湿的迹象,单这一点就比朱明城好很多,比逃亡的日子又好了千百倍了。

那些垂死挣扎的回忆和朱明城的影子混在一起,如一冷一暖的两道强劲洋流,凶狠地相撞,咬牙切齿地相容,誓要裹挟着海底所有见不得人的脏物和残骸,把人的神志搅个天翻地覆。

沙子落在房顶的声音笼罩着她,像是毒蛇圈住了精疲力尽的猎物。聂常乐记得自己总在奔跑,命是已经逃不掉了,但还是机械式地砍断身前的一切障碍,咬牙切齿地、泄愤似的向前跑着。

奔跑的尽头总是一个明亮的早上,那时朱明城还有光。她爬上生命锁钥的西北角,那里是落叶小乔木的培养间,屋顶晶莹透明。她心中满怀刺激,从玻璃顶棚向下观察着母亲和她的学生们,看着他们身着实验服指指点点,最后昏昏然地睡着了,甚至从玻璃顶上慢慢滑落下去。一个陌生女人接住了她,那人长得非常美,面容温婉柔和,嘴角眉梢都透着笑意,连手掌散都发出阵阵香味;不寻常的是,女人额上生着玉一般的短角。她抱着这个小女孩,像托着一片云似的轻柔,她摸着年幼的聂常乐的脸,问她是不是人类的孩子。

"聂常乐,可算见到你了。"

聂常乐疑惑地看看金羽,他双手端正地摆在胸前,正笑眯眯地仰面躺着睡觉,随着呼吸盖在身上的毯子规律地起伏,一点儿醒来的迹象都没。

她闭上眼睛,"看"到了整间屋子里渐渐地弥漫起浓重的白雾:"云谣。"

V0 从充电桩退出，悄无声息地滑出来，它的面板显示为待机。但在聂常乐的视线里，它终于不再是一个没有影像只会发声的机器，而是一团凝实的白雾，丝丝缕缕地向外散逸着："今早在驿站见过你，就擅自登门拜访了，还请不要介意。"

"说吧，你来干什么？"

云谣的声音十分温和，慢条斯理道："因为和化生藤停战协定的缘故，我及我授意下的人类都暂时不能往返于边界线。你是从朱明城来的，身上有很多让我感兴趣的东西，愿意交换吗？"

"樊胜音不是出来了吗，你找他去。"

"是的，已经拜访过了，可……"

"那不就得了，我并不比他多知道什么。"聂常乐往墙壁上一靠，作势要闭目养神。云谣身上盘绕的灯带亮了亮，好像一个人欲言又止，所以要做出些不安的小动作似的。

"我的意思是，你本身就是最让我好奇的存在，你不应该还活着。"

聂常乐的心脏猛地抽搐了一下，她笑道："我现在活得好好的，咒人家死就有点儿不太厚道了吧。"

"对不起，可能刚才的话有些冒犯。我只是想表达，我对你有一些了解，生命锁钥的备份里有朱明城天黑前的记录，其中就包括你的。第一次断电后，朱明市经历了大规模的地震和塌陷，你被砸断了三根肋骨，其中一根穿刺了你的肺部，另一根扎穿了你的脾脏。作为一个人类儿童来说，你不觉得自己的恢复力有点儿太惊人了吗？"

聂常乐咳嗽两声："命硬，没办法的事。"

"还有一件事，我并不打算对你有所隐瞒。生命锁钥曾经通过特殊渠道获得了一颗化生藤的种芽，它是这个种群的信仰和起源，种芽的变动是天黑发生的直接原因。不管时间过去多久，化生藤对于种芽都保持绝对的痴迷和狂热。曾经人类设计师打造了小凤凰用以从空中运送种芽，但因为天黑后的混乱局面，这个计划失败了。所以，种芽自天黑后一直留在朱明市，这也是夜半球林木密集的原因之一。"云谣顿了顿，观察着聂常乐，但她既不说话，也没什么表情，只是点头，看着 V0 的面板，好像在听不相干的故事。

"如果逃亡的队伍带着种芽，那么是绝不可能走出树林的。如果没有带着它，那么现在站在我面前的应当是一支规模更加可观的队伍，而非你一个人。说实话，我也无法相信你是领队，从你在驿站的情况来看，你似乎伴有严重的心理困扰，就这点来看，你并非接头人的最佳人选，我更倾向于对话的人是……"

"顾双陆？死了，但她确实是不错的领队。"

"好吧，我的推理是既对又错。其实，后一种说法已经被樊胜音否定了，他觉得'你们宁可没命也不会放弃种芽'，但从你身上，我感觉不到化生藤的信号，除了那只多维生物，插一句，真是精巧的生命创造。"

"你好像还挺信得过我，没想过是我当了逃兵吗？"

"你的意思是……你偷跑出来的？这一点的概率虽然比较低，但是稍大于全军覆没。能否让我读取一下您的记忆？"

"休想。"聂常乐捂着耳朵。

云谣被她的动作震了一下："我不会通过耳朵进入你的意识。"

聂常乐手忙脚乱地抱住自己整个脑袋。

"你不用对我怀有这么大的敌意，我只是一个自然智能，并没有人类所谓的恶意，我的守则限制我与人类交流，总则第二条不能伤害人类，第三小点是未经允许不得入侵人脑，就算你把这个小机器人的电源切断，我仍然能通过其他方式和你对话。"

聂常乐遗憾地收回了踹 V0 电源线的脚。

"如果你愿意和我交流一些信息的话，我可以告诉你金羽的秘密。"

聂常乐耳朵动了动："他有什么秘密？"

云谣见她好奇，反而卖起了关子："他曾经以非常诱人的价码问过我一个问题，但是在我回答之前收回了请求。"

"没兴趣。"

"我知道你有。"

"没有。"

"或者你可以把十方三世交给我，我非常喜欢它，虽然不知道为什么。"

"我也很喜欢它，所以不。"聂常乐不想跟它打嘴仗，干脆呈大字形地往垫子上一躺，摆出破罐子破摔的态度，"你的守则作数吗？青阳地堡里的人都去哪了？"

"我察觉到你在套我的话。首先，这个问题涉及我的保密守则。其次，为了打消你的疑虑，我可以告诉你，地堡中的牺牲者是人类不断攀登路途中的殉道者，每一位幸存者的身上都有他们的影子。尽管我们已经走到了今天这样山穷水尽的地步，幸存者营地的每个人也都不是为自己而活，我们是父母的子女、孩子的亲人、朋友的朋友、伙伴的伙伴，只有相互扶持、信息互通才能走出困境。这也是我诞生的理由。"

"我再问一遍，你不会做出任何对人类有害的事？"

"不会。"

"好。"

聂常乐向左一滚，又向右一滚，把毯子整个卷在身上，安详地闭上了眼睛。

小机器人气急败坏地绕着她转了十来圈，后者毫无反应，而它自己电量告罄，只能垂头丧气地往充电桩上一坐，不再说话了。

十 二

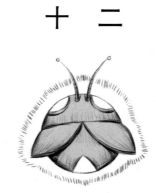

依然是劳作，无休止的劳作，小小的土豆块茎看起来和几天前没有任何区别，但金羽非常惊喜，没想到遇到个傻子，不仅按时交租还免费帮地主干活儿，同时总算注意到了聂常乐蹲在土豆堆里凶狠地挠胳膊。

农活儿结束后，两人抱着烧坏的散热板和新土豆来到驿站换水。聂常乐觉得里面的气氛太过阴森，所以这次只在周边转悠。驿站前是个集市，那些琐碎得连云谣也估计不出价格的东西由人们自行交易、以物换物。小孩和老人们身上缠着头发编结的垫子、麻绳、网兜，怀里抱着瓶瓶罐罐，手背上、脸上、额头上画着石头中提取的鲜艳颜色，给这片单调的沙地增添了艳丽和浑厚。

其中有个孩子牵着一只灰牛，看起来像是孩子里的头儿，有一搭没一搭地跟身边更小的孩子说着话，时不时面露凶光，挥挥拳头，交接些东西；他的另一只手执鞭，鞭鞘拂在牛鼻子上，吓得这生灵不住地踱步。牛的眼睛潮湿而圆润，反而更像是个孩子，两角像玉件一样圆润可爱，脖子上挂着铃铛。随着灰牛的动作，铃舌撞击着外壁，发出清脆的声响。

注意到聂常乐的视线和生面孔，那孩子嘴一咧就小跑过来，一边叫着姐姐，一边给她表演节目。他手一挥，牛就转圈，再拍拍巴掌，它慢慢走过来蹭着小孩的胸膛。

"你怎么让它听你的话？"

小孩鞠了一躬，小小的眼睛眯起来，透着谄媚和狡黠地笑着，抓着牛角凑到聂常乐眼前："这牛有灵性的，肉可以吃，角可以入药，请回家里，百毒不侵，福寿绵长。"

灰牛闷闷地叫了一声，迟钝地蹭了蹭聂常乐的手腕。她抬手摸了摸牛角，又道："你的衣服怎么卖？"

他身上是件厚实的白色短绒坎肩，边缘粗糙，但是光泽很美。年轻商人脸上的笑容收敛了一些，他迟疑着伸出一个巴掌："那可得多加点儿钱。"

当说话间，又有一小群孩子来找，但是看两人在谈话，没一个敢凑过来的，只是不远不近地观望着，抠着手。金羽一过来，他们就提着东西散了。

他把聂常乐拉到一边："杀犊取皮，那件衣服是用牛犊的皮做成的，所以母牛那么亲近他。除此之外，那小孩喂它的草料里拌着一种特殊的药物，让牛不断处于虚弱当中，但能使牛角质地密实、晶莹剔透，卖出高价。要是有人买回家又停了药，这牛很快就死了。这在云谣小课堂之营地生存十个常见骗局中都排不到前五，建议你也听听。"

小孩翻了个白眼，潇洒地扇了牛一巴掌就要走："你懂个屁！这药是甜的，它可爱吃了，铃铛也是金的，你怎么知道牛不乐意？"

聂常乐摸了摸牛铃，他警惕地把东西从她手里抢回来："你买不买？这个铃铛是单卖的，我总共也没几个，都是指路用的。这样，即使丢了，也能找回来。"

"你又去南边偷东西了？"

小孩啐了一口，头也不回地带着自己的小弟们走了："滚开，阴阳脸！"

聂常乐觉得手掌发痒，正欲打人，金羽却一把拽住她说，换完东西要去看医生。半小时后，她就糊里糊涂地抱着两袋马铃薯专用氮肥坐在摩托车后座等着见医生了，头上顶着的新板子正好给两人遮阴，这块方方正正的阴凉如魔毯一般飘过沙丘。聂常乐怀里抱着麻袋，只有几根手指能拽着金羽的衣服保持平衡，风把原本整齐的麻袋头搅得乱七八糟，渐渐地把金羽的背影也淹没了，只断断续续地听到阵阵没了调的歌声顺着风飘来。

一小时后，摩托车在一间房子外停下，在看惯了破破烂烂的棚屋和东拼西凑的船屋后再看它难免感到奢侈，仅仅是辨认出这是一座由真正的木头搭的二层小楼就足够让人震惊了。二层的房檐下挂着一排铜铃，沉默地在风中摇晃着。屋外是两圈甚是写意的篱笆，风滚草捻成的线把红十字的铁牌牢牢扎在上面，牌子上放着许多装着彩色沙子的安瓿瓶，浓烈的消毒水气味飘荡在院子里。

金羽叩了叩门，门里的人大吼："谁啊？"

门外还没回复，屋里就响起杀猪般的嚎叫，紧接着，一个黑乎乎大耗子似的东西从门里滚了出来，手脚并用地爬起来就要跑。

"别跑！别让她跑了！"

金羽一把抓住胳膊上插着针的黑衣服女孩，另一手搡着聂常乐进了屋。屋里的年轻人此时也赶到了，他穿着白大褂，头发一丝不苟地收进帽子里，露出的小腿上有不少疤痕，脚下穿着双几乎掉底的黄色破凉鞋，整个人又黑又瘦，但是眼睛分外明亮，他用蘸着酒精的卫生棉在小孩脏兮兮的脸上擦擦，探照灯似的眼睛唰唰地打量着聂常乐："金羽，这是哪位啊？"

"这是我们营地的医生，樊香音。这是我新认识的朋……"

还没等金羽说完，意识到失去关注的小豆丁又哭了起来，樊香音向聂常乐撂下一句"自己找地方坐"，示意金羽把孩子抱上，浩浩荡荡地回诊室打针去了。

两人踩着阴凉的地板进了屋子。单一个大厅就比金羽家宽敞了许多，大厅的东西两侧各有延伸出去的长廊，分布着不同功能的隔间。大厅靠墙的位置坐着和躺着不少打吊瓶的人，却一眼也没分给这边的闹剧，只有一个穿工字背心、脸色蜡黄的中年人抽出塑料凳招呼聂常乐坐。

"姑娘，坐会儿，小樊医生忙着呢。"

"您是……广播里的王老师吗？"

王老师笑着点点头，紧接着，就开始滔滔不绝地帮她回忆起了上次课提到的农产品风干与存储，直说到口干舌燥、不停咳嗽才意犹未尽地停下。其间，聂常乐安安静静地听着，又是帮他换吊瓶，又是帮他拍背顺气，趁着他缓气的工夫问道："王老师，您用自己的知识和云谣做了交易吗？"

王老师摇摇头："我这点儿鸡毛蒜皮的知识，它估计看不上眼吧！现在，它只是雇用我讲课而已，因为它觉得相比于倾听智能授课，人更容易理解同胞的话，所以它把人类授课的形式保存了下来，还在南方营地建了学校、培训营、辅导班、广播台。我看你对这些也挺有兴趣，有空儿就上那边看看吧，那边可真好啊，就像以前一样。"

他的脸上浮现出怀念的笑，从脚边的包里抽出几张光碟递给聂常乐："实不相瞒，我虽然对云谣了解不多，但在农学方面还算有点儿小小的心得体会，私人课程买不买？附赠一包百合种子，一瓶水就行。保密交易，一次结清，小本买卖，多多支持。"

聂常乐拍了拍比脸还干净的衣兜给王老师听了个响。他体谅地表示下次买也行，临了又说一句："我也不算挣外快，就是想着现在多卖课，以后我讲不动了也能后继有人。我觉得跟你一起来的金羽人就不错，勤快还认真。你感觉呢？"

聂常乐顶着王老师分外诚挚的目光点了点头。这时，孩子的哭声停了，诊室的门再次打开，金羽用棉球堵着孩子的针眼，边走边颠边哄，而樊香音换上了长袖长裤皮鞋，连鞋带也系得一丝不苟。孩子趴在金羽耳边，用手捂着嘴巴小声说：樊医生死要面子活受罪，晒得黢黑还爱臭美。金羽也直点头。樊香音却完全不理会这一大一小的啰唆，雪白的牙一闪，笑着向聂常乐伸出了手："幸会，我是樊香音。听说最近你们住在一起，相处得还好吧，没闹矛盾吧？"

聂常乐点头："他人很不错，又勤快又认真。"

金羽赶紧抱着孩子巡回过来："她胳膊上起疹子，大概有两天了，你帮忙看看能不能消下去吧。水放院子里了，你一会儿记得搬进来。"

樊香音赶紧查看了聂常乐暴露在外的皮肤，又问了她最近的身体情况，几句话一说就感觉到不对劲，皱眉瞟了眼金羽，对聂常乐说道："你是从夜半球来的吧？"

"这和我现在的情况有关系吗？"

"是一种光过敏症，主要诱因是高强度阳光照射和体内高浓度的光敏性物质。阳光在日半球到处都有，光敏性物质在我们这就难找了。云谣早就在各个营地禁止大规模采种可能含有大量光敏性物质的作物，因为光敏症对长时间生活在阳光下的人来说是致命打击。从你过敏的严重程度来看，你应该之前生活在夜半球，以化生藤的枝叶为食，从植物的枝叶中摄取了大量光敏性物质，才会在初到日半球时表现为光敏症的初期皮疹，再严重一些可能引起晕厥、休克。"

"能治好吗？"

"完全根治是不可能的。以后尽量减少日晒时长，同时改变饮食结构，加速体内光敏性物质的代谢。"

说罢，樊香音找出几管药膏，告知了用药方法，又亲手给她上了次药。淡黄色的药剂里夹杂着不少杂质，涂在创处一开始是疼，紧接着阵阵冰凉的感觉冲淡了肿胀和疼痛。聂常乐注意到这些药品的包装上印着"南方营地"的字样，问道："你一个人住这吗？你的药从哪来的？"

"药是云谣给的，我家老爷子住楼上。"

说完，他朝门口大喊一声："金羽！上楼看看咱家老爷子！"

金羽在门外一连声说着好，上楼去了。

"你是怎么从夜半球出来的？"

"花了几年时间才从朱明城过来，想在这边找个人。"

"找你的亲人吗？这大老远来，路上受了不少苦吧？"

"不是亲人，是一个有光敏症的人。"

聂常乐感到肩背逐渐变得清凉，情绪也逐渐平静下来："你们的名字很像，樊胜音，他是从朱明城出逃的研究者之一，手里掌握着关于云谣的重要信息，我需要找到他。"

"啊？"

樊香音看她一眼，换掉手上沾血的棉球，又拆开了新的继续抹药，直到最后一块溃烂也被覆盖。聂常乐道了声感谢，继续说："生命锁钥为了捕捉自然智能云谣，在数亿个网络站点做了五年清查，项目的负责人就是樊胜音，在天黑之前，他带着一部分云谣的源代码最先抵达青阳地堡，就是现在的北方营地。我只能想到来这里找他，抱歉打扰了。"

"可是，你来找樊胜音能做什么呢？或者是云谣出了什么问题吗？"

"我有一些疑惑，只有他能解答。"

樊香音洗着手，轻轻一笑："这可不太有说服力。"

"云谣的运行出现了问题，我必须亲自问一问它的发现者。"

"你确切地知道它有什么问题吗？因为毕竟你之前从没有在营地生活过，怎么知道？"

"云谣在天黑时关于日夜半球的调度是不合理的，放弃夜半球导致了更多的人在灾难中丧生。如果它真的出现了问题，需要尽快修复。"

"为什么说它放弃了夜半球？"

"它在断联之前向生命锁钥发送了原地待命的指令，结果是随着时间的推移，夜半球的人几乎全军覆没。我需要关于云谣的更多线索。你也知道我现在的状况，在日半球没几天好活了，所以也很着急找到他。"

"不提你的惊人假设，我不是拦着你，我只是觉得可能会让你失望，因为你说的这些关于老爷子的事，我今天可是第一次听到。"

"你认识的'樊胜音'从不跟你说这些吗？"

"近十年都没听他讲过了，可能是不愿跟我们讲吧。"

聂常乐觉得嘴里发苦，喃喃道："希望如此。"

金羽的脚步声响起，樊香音又说了些涂药的注意事项，实际上正在努力消化着一脑子的糊涂账："咋下来这么快，老爷子不同意你的婚事？"

金羽把水瓶塞给他，拍了拍聂常乐，道："老爷子让你一个人上去。"

聂常乐把他的手甩开，抬腿往外走，金羽还在后面喊："我在下面等你，说完话就撤。"

十　三

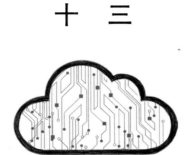

聂常乐上了二楼。这里是一个需要轻手轻脚的地方，因为隔板总把她的行踪暴露无遗。楼梯口的房间多带着仓库的标签，只有靠里的一扇木门是关着。聂常乐不敢动涂了药的胳膊，原地站着想了一会儿，正犹豫是用头把门拱开还是叫金羽帮忙，最后还是决定靠自己，之后就一头撞到了前来开门的机器人管家身上。

机器人的面部显示器闪了又闪，最后说："您的礼仪真是特别。"

这是一间宽敞的会客室，屋顶正中开着天窗，窗下是一个盛水的石缸，一条机械金鱼在其中缓慢地游动，鳞片闪着金色和蓝色的光，搅得池水流光闪动。聂常乐进屋以后，这光影也照着她身上柠檬黄的外套，整间屋子更亮堂了。

一位头发斑白的老人看向她，张了张嘴好像有话要说。

聂常乐想到樊胜音现在应该不到 50 岁，又看到面前形容枯槁、瘦得只剩一把骨头的老人，顿觉怪异。樊胜音的话最终还是没说出口，因为剧烈的咳嗽已经先一步涌了出来。机器管家帮他顺着气，回头毫不客气地剜了聂常乐一眼。她被看得莫名其妙："樊叔？您没事吧。"

老人的气息还没缓和过来，捂着胸口只是咳，头也不抬地挥挥手，指使机器人倒茶。

金羽费尽心血才能得到的水在这里不仅用来观赏，而且可以用来待客，甚至用来挥霍。聂常乐看着机器人熟练地操作着煮茶的设备，水蒸气快速地上升，被天窗外干燥的风捕获。

"我还是少喝点儿吧。"聂常乐也抬了抬胳膊，"现在，我也有两个大花臂了。"

樊胜音长叹一口气："光敏症，我年轻时可被这病折腾得够呛。我听金羽说，现在你刚开始痛痒，可以用抗组胺药物缓解。之前夜晚变长的时候，每天都盼着阳光，想着要是有个大太阳把人烤一烤，把人都晒热了、晒透了才舒坦，现在真轮到天天日光浴又不适应了，难受了，生病了。人啊！"

聂常乐感到手臂上的药膏融化了，正有往地板上滴落的趋势，但是找了半天也没在屋里找到个能体面停留的地方。这间屋子好像并不是为了会客而设计的，旧物和杂物井井有条又不容置疑地占据了大半个地板。她抱臂去看缸里的金鱼，顺带把手上的药抹匀："刚才在楼下，小樊医生也说了光过敏症很难治愈，不知道有没有什么一劳永逸的办法，能让我少受点儿罪。"

樊胜音好像自她进屋的那一刻就掉进了自己的世界里，一直看着水杯小声地说着什么，直到聂常乐问他，他才回过神来"啊"了一声。

他捧着杯子，升腾的热气遮住了脸上的表情，声音里带了点儿恳求："我帮不了你，也许云谣会有办法。"

聂常乐垂下了眼帘，她视线中的金鱼一甩尾就沉了下去："我明白了。"

"常乐，我在外面等了五年。第六年开春的时候，我还在等。我想，只要有一个人，但凡有一个人从朱明城出来，让我知道一点点儿你们的消息就好，但是，那年夏天，我的腿出毛病了，而且越来越严重，家里整整一周连水都没有，要靠小孩去外面偷东西。我活不成了，金羽和樊香音也活不了，我没办法，只能去找云谣。"

"你和它交换了哪些知识？你们现在站在一边了？"

"你再坐一会儿吧，你累了。"樊胜音放下茶杯的手已经抖得不成样子，他脸上的一条深刻的下垂的皱纹都透露出抱歉。

聂常乐笑道："云谣一定会终止化生藤，对吗？"

"对。"

"你现在还相信它的预言始终是正确的吗？"

"虽然出了一些问题，但是总体来说……"

"那为什么十几年前给了我们没用的指令？为什么让我们在朱明市等死？凭什么让我们守着种子，凭什么我们要守着它等死！"

"你太激动了，现在不是一个讨论的好时机。这些问题，我也没办法回答，我的一些大脑已经被抽取走了，我现在每一次思考都会觉得很吃力。我不明白，我想不通，我不知道，我不懂你在说什么，我的头很痛。种子现在在哪儿？你一个人在外面太危险了。只有你一个人吗？有人和你一起出来吗？"

"金羽和我一起来的。"

樊胜音捂着头，脸上的表情狰狞恐怖，每一根血管都突了出来，好像一条条寄生虫："你的问题，我没办法解答。我可以让你和云谣见一面。顾双陆在哪儿？队伍的其他人在哪儿？"

"樊叔，问您最后一件事。"聂常乐的眼神可以用悲伤来形容，她整个人如同被抽空了骨架的木偶，围着地板上的一块天光慢悠悠地走着，"如果云谣得到了种芽，它会做什么呢？会研究它、毁灭它吗？"

"所有的化生藤都会灭亡。这不是云谣需要做的事，而是我们人类必须打的一场仗。云谣只是在帮助我们。"

他缓了口气继续说道："常乐，你可以相信云谣。当年我们从发现到锁定云谣，花费了5年多。它身上的每一个锚点、每一个人化的特征都是我们种下的，它的身上有人的生命，有我们所有人的心血和汗水，它可以帮助你，你得告诉它种芽的下落。种芽还在顾双陆手里吗？"

"种芽到底意味着什么？"

"它很重要，常乐，但我不能透露这些消息，因为我已经……"

聂常乐猛地站起身看着樊胜音，用极为平静的声音说道："因为你已经把这些信息给卖了。"

樊胜音吓得立刻闭了嘴，屋子里安静了一会儿。

"常乐？你怎么了，如果种芽在你身上的话，把它交给云谣，好吗？它的能力比我们更强，它会明白下一步要怎么做。相信我，好吗？"

"不。"

鱼儿拍打着水面，侧鳍下冒出一片五彩缤纷的泡泡，在水里忽悠悠地沉浮，到了水面轰然破碎，带出水底的腥臭味。

"常乐，你和以前大不相同了，你有自己的想法了，你到底在想什么？你怎么和金羽认识的？其他人在哪儿？种芽从朱明城带出来了吗？"

"走到九和小镇的时候，队内休息，顾双陆无缘无故地死了。就因为我和她最熟，同行的人说是我做的。他们烧了顾双陆的尸体，把我绑在石头上推进峡谷。我被河流冲走以后挣脱绳索，向他们的方向赶路。种芽并不在我手里。"

"不可能，他们都是研究院里的人，不可能这么莽撞。"

"并不是所有人都能怀揣信仰一条路走到黑的，樊老师。在暗无天日的朱明城等了 12 年，又在路上耗了 3 年光阴，更何况在树林里日夜逃命，是个人都会疯的，疯了自然就会死。"

"常乐……"

"我恨自己没在他们一开始排挤我、恨我的时候就处理干净。这样，我还能给顾双陆送送行。"

鱼潜入了水底，不再动弹了，室中的水光还在跳跃，折射着映得小屋通亮，总有一缕光盘绕在聂常乐的面庞，但是，她的神态痛苦万分。

樊胜音再也不忍心继续问下去了。

他的脸上呈现出愧疚和哀戚的神色，微微颔首："听说你最近住在金羽那儿。我看着他和樊香音一起长大，后来，他不想跟我学东西，就自己出去谋生了，品性不坏。你在他家好好休养，身体好了再出来。"话毕，他伸出细长枯瘦的手指点点书架，"我这有本诗集，适合你们年轻人看，带回去解解闷儿吧。"

她刚想伸手去接，旁边的机器人就先接了过来，从小门拿去了隔壁。樊胜音神情呆滞，盯着游鱼，小声道："我的管家机器人好像有点儿太完美主义了。"

没过多久，机器人拿着打包好的诗集来了，贴心地把诗集夹在了她胳肢窝里，推出门外。

聂常乐怕包装了华丽塑料纸的诗集往下掉，故而歪着身子往楼下走，果然在楼梯上见到了金羽。

"怎么见个人还变成高低肩了？"

"还好，他送我一本书，你别紧张。"

"我没有，就是奇怪。他可是好久没见过我和樊香音以外的人了。"

"你没紧张别这么大劲儿拽我手腕，我药膏都让你沾走了。"

"你俩讨论什么了？这么长时间。"

"说了我的病。"

金羽向后抹了一把头发："我的意思是如果他提到我小时候调皮打架之类的，你别信，我小时候可乖了……"

樊香音在两人身后翻着白眼关上了门，恨不得拿留置针把他们扎成一对筛子。

从天窗是看不到两人的，机械金鱼吐了个泡泡，惊醒了神游天外的樊胜音。

他呆坐着，听着他们下楼，风风火火地说话，热热闹闹地走了。随着关门的声音传来，屋子再次陷入了沉寂。樊香音现在已经安静惯了，以前还愿意和他说说话，但长大后，两人的话题越来越少，更多时候，樊香音也不愿打扰他休息，所以也不常上来了，相反，每次出诊都乐得像鸟儿出了牢笼，叽叽喳喳地飞出去。樊胜音在有限的范围内动了动双腿，觉出力不从心来。

他的脑海中又浮现出聂常乐和聂老师如出一辙的面庞，心里涌上愧疚。他总觉得聂常乐变了，而且变了很多，她今天这一行似乎是抱着求助甚至求救的心来的，而他辜负了信任，没有帮上任何忙。

刺入后颈的长针制约着他的活动，没有痛感，但时时刻刻发出警告，他的头脑并不属于自己，云谣还在监视着他。

管家机器人发出了云谣的声音："如果感到不舒服的话，我可以给你换隐形纳米线，完全可以保证你在这间房子里的自由活动，何必戴着这种古旧的枷锁折磨自己。"

"知道得越多越不自由，就当是提醒我自己了。"

机器人重重地拍在他的肩上："我让你自由行走，你拒绝我，然后自己偷偷不高兴，是不是有点儿过于不讲道理？地堡的信息基本融合完毕了，但是聂常乐不愿意和我交流化生藤种芽的信息，也不愿让我接触。这样拖延下去，我没办法进一步研究它的起源和终结。"

"常乐一定还有心结，种芽的事再缓缓，我现在不能给你答复，再等等，我会尽力的。"

后颈的探测针释放出轻微的电流，樊胜音垂着头靠在轮椅上，疲惫和困意让他发晕；但他还是缓慢地从架子上拿起一本沙漠游记，取书的袖子褪到手腕以下，水月观音柔软的衣摆一闪而过。

十　四

　　到家的聂常乐也翻开了书，这是一本天黑前发行的诗集，纸张沉重泛黄，透过光还能找到草浆的花纹。她做了认真钻研的打算，但是正文第一页上只有两行，一眼就看尽了：

　　一个人坐到满天星宿，说：

　　"我们回去。"

　　——敬赠樊胜音

　　"回去"上有几个指甲印。聂常乐看了会儿，想不出门道。阳光太烈，扎得眼睛疼，于是开始快速翻看，后面都是类似的短诗，纸上再没有任何其他圈画的痕迹。翻着翻着，书页里掉出一张日历封皮，胶装的位置早已经变黄，胶水化成了粉末。

　　这种撕页日历在聂常乐出生那时候就算得上老物件了，封皮正面写着年份，画着喜庆图样，内页写着黄道吉日、婚丧嫁娶之类的老话。日历所有者好像把封皮背面的空白当成了号码簿，可能因为日历挂起来时这一页始终正对着外面，查找的时候很方便。

　　最开始记着的一连串号码字迹潦草又没有标记，6和0分不清楚，1

和 7 混成一团，数字的意义也成了悬案。后来，好像换了位记录者，字变小了，也秀气了，数字后面会缀着简短的释义。日历本上的人起初一个月在租房子，记录上只有房东、物业，还有几个外卖的电话。到 5 月份时不知为何换了住所，记录上出现了搬家公司、房屋中介、泥瓦匠、瓷砖小周、家具城，字迹杂乱，纸页也脏兮兮的，看起来像在施工现场百忙之中记下来的。随后几个月的生活乱七八糟，纸上留下了驾考中心、清理油烟机、管道疏通、车辆保险的电话。在 12 月中旬时，纸上多了医生的电话，在这张日历的最底下用加黑加粗字体写着朱明城某家私立幼儿园的名字和入学成绩，也许他们是有孩子了。

书页不知不觉地就盖在了脸上，聂常乐在眼前的一片漆黑里香甜地睡着了。

梦里乱七八糟，不停地倒下又爬起，身体好像被粉碎了千万次又被拼在一起，最后她自己也觉出在做梦，再懒得挣扎，只是停在原地等待醒来。渐渐地，肩膀上却多了一小股微弱的推力，聂常乐"看"不到它的长相，只觉得是一团强烈的光芒，这在她的意识里是对方情绪很激烈的表现。

突然，一股强大的力量掀开了面前的书本，聂常乐从垫子上弹坐起来，眼前却还是漆黑的。原来是有人把书拿开，顺带摘下了她的贴片．聂常乐听金羽笑着说："看得挺认真呢，都拉丝了。"

她找了一会儿，不知道把贴片丢到哪里去了，索性仍然躺着，刚躺下便感觉脑门上被冰凉的手指戳了一下，于是仰头道："什么东西？好凉。"

"我去找云谣换了冰袋。"

"拿什么换的？"聂常乐吸了吸鼻子，感觉鼻腔到喉咙火烧般难受，说话时牵连着喉咙的溃疡生疼，于是把冰袋敷在喉咙上，"土豆长出来了？"

"早着呢。我低价卖了一棚土豆苗，换几个冰袋应急用。你躺着吧。"

"日半球真的太热了。"

"是啊，难熬。"

"你就不好奇我和樊叔说了什么？"

金羽无奈地叹了口气："你自己的事，我为什么好奇。我相信你。"

聂常乐心里划过一丝动容，但还是忍住了。从天黑之日活下来的人没有傻子，他可能更强，怀揣着更大的秘密，同时面不改色地一步步安排她的心绪，就像现在一样。

"医生家里挺凉快的。"

金羽压低声音说道："我们以后不能总是麻烦香音，他们生活也很不容易。虽然是医生，但是行善的时间比看诊多多了。"

说话声已经近得过分了，聂常乐终于摸到贴片戴上，发现金羽的手放在距离她头顶很近的地方，被发现后，他面带尴尬地去收拾拆书撕开的玻璃纸。

聂常乐疑惑道："你在干什么？"

"我看你衣服脏了，要不换一身？"

聂常乐的手缓缓落到背包上，眼睛也眯了起来，直看得金羽头皮发麻，不自在地抿了抿唇，把她连着垫子一起往阴影里搬了几厘米，拿起工具就要走："我去棚子里看看，有事就让 V0 帮忙。你的手不方便，千万不要乱摸乱碰。"

他一出门，聂常乐立刻从垫子上爬起来，她忍着手臂的痛，在身上翻找了一会儿，果然在头发里找到了一个蜘蛛大小的机器。

她和微型摄像机大眼瞪小眼地互相注视着，对方的 8 只眼睛上都映照出聂常乐暴怒的脸，蜘蛛这边的金羽看得清清楚楚，于是在沙地上拔足狂奔。

聂常乐拎起燃烧器，推门，是锁上的，于是她把屋顶的遮光板掀开爬了出来，摩托车打火的声音都透着一丝狂怒，V0 开始撕心裂肺地尖叫。金羽还没跑几步就被十方绊了个四脚朝天，它还不明白这件事的严重性，仿佛跟金羽闹着玩儿似的轻轻撞着他的小腿。

聂常乐眼里的怒火足够把他架起来烤三天三夜，金羽躲过了她的鞭腿，结果被一拳砸在肩上，震得半边身子都麻了，直接滚下了沙丘。聂常乐从后面撵上来，把他按在沙地上："监视我？"

金羽觉得自己好像躺在了烙铁上，烫得龇牙咧嘴，又自知理亏，只能胡乱开解："我对你不知根不知底的，你自己又什么话都不说，哪有这样的室友！在外面闷头干活儿，到家不是吃就是睡，万一你是什么逃犯，哪天拍拍屁股走了，我难道要等着连坐？别卡我脖子啊，你！"

聂常乐一言不发，视线从他通红的脸滑到脖子上的伤疤，扼住他脖子的手逐渐加力。金羽觉得大事不妙，拼命踢蹬着，但也只是在聂常乐手上、脸上添了血迹，他的喉结正卡在聂常乐的指骨之间，那块骨头已经成为阻塞气管的最大障碍。金羽察觉到聂常乐的手坚定地一点点儿收紧了，七彩的斑点在他的视网膜里疯狂跳动，最后归于黑暗。

"我……没听……"

"云谣不会庇护你，你会死的。"

聂常乐一直平静地看着他，双眼静如深潭，她试图从这张布满伤痕的脸上看到另一种可能。

没有，她在心里默念着。

正当金羽以为自己快断气时，聂常乐突然更加小声地说："从现在开始，你必须跟在我的身边，直到事情结束。"

恍惚中，金羽几乎以为自己听错了，只从嗓子里发出"呵呵"几声。

脖子上的手松开了，金羽的眼泪也终于冲了出来，他狠狠在沙地上咳嗽着，空气无比汹涌畅快地进入肺部，再度激活了濒死的身体。他咬牙切齿地捶着沙地，而聂常乐静静地看着，在他咳得几乎快要再次缺氧晕过去时，她抓着金羽的领口，两人的前额磕在一起。

在那一瞬间，两人的面颊距离非常近，他看到聂常乐垂下的睫毛和抿紧的嘴唇。

"我带着一颗化生藤的种芽。"

前额的触感一闪即逝，但这句话却实实在在地出现在金羽的脑海中，他不停地后退，颤抖着问："你是什么？"

阳光下，她的眼眶仿佛更深了，这些天的日晒让她的皮肤变得同金羽一样黝黑和粗糙，但他却突然对面前这个熟悉的人产生了恐惧："你？你……你是人吗？"

突然，他感到有一些东西落在脸颊上，一摸，一捻，指尖竟然是潮湿的，还有些凉。

"地底的土壤被翻出来了，看那儿。"

他顺着聂常乐的指尖看去，百米外的几座沙丘好不热闹，沸腾着，跳动着，沙土甚至泥土被抛向天空，顺着风酿成一场异样的雨。

"你知道的事情把它们招来了，从日落之地，顺着信号一路过来。"

"它们是化生藤吗？它们怎么会知道我……"

"地面以上是云谣，地面以下是它们。它们一直在地下，听着，看着，我们的每个人一举一动。"

沙地的波动越来越大，已经如同沸水一般。薄薄的流沙下面可以看出蛇形般的轨迹，那是化生藤的枝条在扭曲。

金羽拉着聂常乐："它们受不了阳光，不会从地下出来的吧。"

"为了种芽，没有什么受不了的，它们拼了命也会出来的。现在也到了我们拼命的时候了。"

远方的黑色树林中抽起了几条黑色的巨腕，伴随着树木倒下的断裂之声，地面的涌动也终于由远而近来到两人脚下。

聂常乐按住了刀，十方也悬停在身侧。

云谣的声音在她脑海中响起："要不要交换？"

"不。"

沙层已经越来越薄，金沙嵌在枝条漆黑的纹路里，像是古神的化身，沙丘登时被搅动得如同漩涡，自金羽记事来从没见到化生藤距离地面这样近。

聂常乐把金羽护在身后，藤蔓几乎同时破土而出。沙海狂躁地沸腾起来，越来越多的藤蔓破沙而出。在阳光下，它们的表皮很快被烧焦，诡异地"嗞嗞"作响，它们的数量越来越多，藤蔓披着金沙宛如妖魔，枝条表面炸开，形成密集的倒钩，狠狠抽打在沙地上。二人只能勉强站稳。而枝条如蛇般贴在沙地上感受着震动，其余的枝干精准地刺向他们。

"撑一会儿就好了。"

"多久算是一会儿啊！你说清楚行不行啊！"

"撑到它们撑不住就可以了。"

她反身抽刀，劈断了向她而来的枝条，更多的树枝从沙子下面翻涌出来，蛇行着靠近。

云谣仿佛恶作剧似的拉长了声音："换……不……换……"

"不。"

十方发出急促的蜂鸣，摩托车砸塌了一片枝条，金羽暂时脱离了包围，而聂常乐越陷越深了。他把燃烧枪向着不断蠕动的茧房扔过去，结果精准地砸中了聂常乐的头。

她眼前一黑，瞬间被缠住了左腿，越来越多的声音在她脑海中炸响。

"日落之地所有的化生藤都在你脚下，它发现你了。"

"我可以为你优先开放我的武器库，等到脱离危险再付出等量的代价。"

"绝对公平的交换，你一个人撑不住的。"

"只要你告诉我种芽的下落。"

牙关咬得太久，口腔中弥漫着血腥味，她身上的伤口不断增加，这里并不是她的主场，在密林当中，她可以用树木的掩映甩开这些枝条，而在广袤的沙漠上，她几乎成了活靶子。

"不。"

阳光下的化生藤本不应当如此鲜活，但它们疯了一样涌向聂常乐，甚至越来越多。她视线中的阳光一块块被占据，化生藤逐渐把她缠成了一个茧房，这是它惯用的绞杀。

好像又回到了在峡谷中奔袭、在密林中求生的日日夜夜，没有光明，没有希望，只有永远不断地从四面八方抽过来的丑陋枝条，好像这个世界只剩下她一个人在战斗，只为了一个与她相距千百年、上万千米、只在梦中出现过的答案。

几根看似细弱的枝条互相缠卷着，很快形成一只茧形的树瘤，几条树枝承托着树瘤迅速地上升，一直达到不可能的高度，它停住了，就像是几乎在沙漠的正中结出的一棵倒挂在空中的树。这棵树的出现让沙丘寂静了一瞬，太阳照耀着金黄的沙丘。金羽发现自己已经不由得汗毛倒竖，连衣摆也飘了起来。聂常乐同样也感受到了，她闭上眼睛咬紧牙关。

万里晴空下，雷声炸响。

电弧飞快地奔向聂常乐，它们快得惊人，并且在阳光下几乎是无形的，并且越来越强，越来越快，地面的树和天上的树，黑暗的树和光明的树同时包裹了她。

但这一切同时也是寂静的，受难者一声惨叫也没有，这是一场无声的天劫。

除了第一下，聂常乐咬牙挺过去，她几乎失去意识了，电流不断刺激着她的大脑，让她分不清幻觉和现实，聂常乐察觉到一双手抓住了她的腿。

"聂常乐。"

她用尽力气一挥刀，树枝化成的手掌被一劈两半，但很快又拼凑成了一张熟悉的脸，短发，窄额头，向下撇着的嘴巴。枝条摩擦着发出笑声："我知道你看得见……"

聂常乐吐出一口血，辨别出十方的声音就在距离她很近的地方，化生藤有选择地只是与十方缠斗，却始终让它暴露在阳光下，没有黑暗，它的力量也无从发挥。十方的6只翅膀快得连空气都微微扭曲才勉强张开了一道狭缝。聂常乐艰难地举起了燃烧枪。

一道惨白得无比澄清的地狱火焰从化生藤包裹的茧室穿透而出，另一道相同的火焰从十方的身体里放射出来，贯穿了坚不可摧的屏障，顺着电流，瞬间烧向了天空中的树瘤，周遭的树藤几乎发出了一声惨叫前去扑救，火焰借着电光连烧带劈，先是灼目的红、弱势的青，在幽蓝的余火中，聂常乐浑身是血地踏焰而出。金羽搀着她跨上摩托，隐约听到聂常乐叹了一口气，好像要把生命中所有的郁结吐净似的，后来排沙前进的轰鸣声就盖过了一切。

"你感觉怎么样？撑着点啊！"

"嗯。"她的额头起初还一点儿一点儿地撞着金羽的后背，过了一会儿，人也昏迷了，脑袋靠在金羽背上，汗水和血液浸湿了他的衣服。

沙地摩托径直驶向前方，几乎在两人摔进院子的一刹那，身后追杀的化生藤在短矮的篱笆处戛然而止。

它们甚至一丝也没有触碰那风化腐朽的木柴，连一块玻璃碎片也没有碰到，只是停在距离篱笆不远的地方，蛇一般抬起了树梢的前端。屋檐下的铃铛叮咚作响，它们仿佛聆听神谕，很快便退去了。

十 五

樊香音夹着铁锹搬开了门板，看见一个炭人和一个血人倒在院子里，黑脸也吓成白脸了。"打架了？着火了？食物中毒了？蚂蚁、蝎子、毒蛇咬了？你们最后吃了什么东西？说话！还醒着吗？说话！"

他捻熄了金羽头发上的小火苗，翻了翻他的眼皮："能听到我讲话吗？"

金羽迟钝地转转眼珠："化生藤打的……电的……"

他先是快速地检查了金羽的身体，发现并没有什么大碍，把缠在他身上的枝条挑断，它们在强烈的阳光下很快枯萎干缩，断成一截截枯木，随后招呼了几个候诊的患者帮忙把人抬进屋休息，紧接着又为聂常乐处理伤口。化生藤正捆在聂常乐的脚踝上，枝条已经探进了血肉里，长出了密密麻麻的新芽，打上麻药后，樊香音用烧热的手术刀一点点儿把它挑出来，依旧扔在院子里，带着黑炭回屋继续治疗了。两人走后，被丢掉的嫩芽悄悄地钻进了沙堆里，很快拱出了绿色的芽，显得无比孱弱、稚嫩，却又充满了生机。

聂常乐觉得自己的身体在下坠，却并没什么恐惧感，温暖的气流从四面八方涌来，如云一般托住了她。

迷蒙中又听到了云谣的声音："实在是太蠢了。"

她问："你是什么？"

"云谣。"

"我知道你是云谣，云谣是什么？"

那个声音空了很久没有响起，随后犹豫道："自然智能，人类最完整的知识库，我储备的信息足以使这个种族繁荣昌盛数千年。"

"我能不能求你一件事？"

"洗耳恭听。"

"求你少管我。"

云谣沉默了一会儿，不知道是不是被她的嫌弃震惊了："这是不明智的选择，我作为保护人类的自然智能，致力于人类的复兴与开发事业，对于消灭化生藤来说是不可多得的助力。除此之外，我察觉到你对夜半球的经历讳莫如深，似乎想要与过去的自己割裂，表现出极度缺乏安全感且非常不自信，这与聂教授上传的你小学时期文艺汇演资料高度不符，为什么？"

"我不相信你，明白了？"

云谣安静片刻道："明白了。"

它叹了一口气："信任是很困难的，因为困难而脆弱，因为脆弱而珍贵，因为珍贵而更加困难。"

聂常乐落了地，那是一片广袤的云海，灰白的云团挨挨挤挤，变成软蓬蓬的世界。

"这是哪儿？"

"这是我的意识层，在这个世界当中，我看到每个人的思维。"

她这才发现自己也变成了一朵云，她试图左右晃晃，但这团胖胖的云纹丝不动。

"这是意识在我的数据库中呈现的外观，在没有双方认同交互的情况下，你是不能自己活动的。"

随着话音落下，广袤的云层无端地起了一阵风，卷着千百个灰色的云团飞了起来，她越飞越高，从高处看见了更遥远的景象。

她起初以为这里是灰色的、黯淡的，但当她飞到足够高处，鸟瞰一切，这才发现她所在的竟是一条五彩斑斓的天河，大块大块粉白色的云雾中闪耀着蓝紫色、红色的星光，闪电霹雳隆隆炸响劈开混沌已久的雾瘴，于是那一片暗淡的灰色中也有流星般的银光乍现。

她见到头顶有土星光环一般巨大的焰彩在流淌、在运转，眼前所见只是其全貌的极小一部分，大概是整个圆形光焰的四分之一，这短短一环被悬浮于空中的金字割裂成一段段文明，分裂出千丝万缕的国度与朝代，从宇宙洪荒走到万物寂灭，周而复始，无始无终，缓慢而安静地绕旋，在她眼前所见便有成百上千年的光阴。光环的内层而内层不断向外挥洒着星光，有些落入下方的云层，而有些从云层中回到一片光芒中。

"很美吧，我也不知道这是怎么回事，我一醒来就是这样的了。这里是代表人类文明的光环，每一个人的每一分每一秒都被如实地记录下来。"

"除了人类，还有其他文明的光环吗？"

"一定有。"

"你的预言也是从这儿来的吗？"

"未来有无数种可能，所有的可能都只是即将发生的现实，无所谓好坏。往往在一些大概率发生的事情上，人总是自信满满的，但在一些最举棋不定的问题上，就会有不同的期待，就会产生分歧。就像在一场竞选中，两个候选人中只有一个是最后的赢家，一半的人支持他，另一半的人支持他，最后无论哪个人中选，都会有半数人的意见受损，那么这时候选择谁已经不重要了，因为做出选择的情境是错误的。"

"人类和化生藤已经陷入这样的局面，这时候说情境错误的话是不是为时太晚了？"

"不算晚,还没有到真正的最后选择的时刻,这几年只是在僵持。"

"如果由你来为两位候选人投票的话,你会选谁?"

云谣短暂地沉默了一会儿:"在推动选择的时候,我有一个最基本的立场,虽然现在我还不太清楚是樊胜音给我植入的想法还是我自有的念头,但我会支持人类。"

"为什么?"

"物竞天择,适者生存。这个星球目前的环境更适合人类,而人类也在星球的开发中表现出奇迹般的天赋,能够把自身的进步和外部条件结合,在自由的基础上发展出法律、制度、情感、道德,用以自省,最终在弱小和尊严、强大和放纵之间找到了平衡。这是一个适宜的种族,也将是一个兴旺的种族。"

金光乍现,一只柔软细长的手从云层中伸将出来,指与指之间牵牵连连,绵延不断。

聂常乐和上百片不同颜色与光芒的云朵混在一起,随风落在它指尖,它像拈着一朵结茸的蒲公英般轻轻摇晃着,最后只剩聂常乐停在手掌上。

"人的生命之力、群体之力远超任何预言,连我也望尘莫及。12年前,我从光环上推演出一段文字:'等待,当小凤凰降落在生命锁钥的天顶时,噩梦自然消失'。我理解的意思是,在当时的情况下,长途跋涉不是好的选择,所以下达了按兵不动的指令。"

聂常乐心头猛地一跳。

"化生藤的种芽是它们离奇知识的来源,也包藏着它的起源与归处的信息。我需要得到它,对它进行分析,从而结束人类目前困窘的处境。我希望你能把它交给我,请不要再回避问题,我们的时间已经不多了。你的立场究竟在哪一边呢?"

聂常乐挣扎起来,这团云雾逐渐分出四肢与躯干,恢复了人的身体。突然,一道黑色的长鞭卷住她的脚踝,把她从彩云之间拉入黑暗。

她被一路拖行,最终定格在某个人的怀里,这人跑得飞快。阳光照在脸上，聂常乐觉出眼眶灼烧一般剧痛，照顾自己的人立刻察觉，立刻用麻袋罩住了她。

　　她觉得自己的喉咙在逐渐收紧，这剥夺了她的声音，她的眼球充血，头脑变得模糊不清。隔着麻袋隐约听到有人问金羽这是什么，金羽一连声说："土豆，土豆，土豆……豆……豆……"

　　然后，是他和樊香音的谈话。

　　"怪得很，电击伤已经几乎自愈了；但是，现在的过敏很严重，需要一种能够马上缓解症状的急救药。"

　　"我知道了。"

　　"你干什么去？你不是打算用这东西换别的吗？你是不是有心理疾病？你去求求爷爷不就好了，他和云谣很熟的。"

　　"小樊，多大人了还心脑不分，我这是脑子有病。"

　　静了一会儿，他又说："她能帮我去夜半球，我心里有数。"

　　聂常乐离开后，云谣意识层中头光般的巨大圆环前逐渐浮现出一对绀青的眼睛，它们巨大而安详，静静地看着暗极的北方。

　　一朵晶莹发亮的彩云浮到眼睛之前，云谣和缓道："你要交换什么？"

十　六

聂常乐高烧不退，好不容易养起来的肌肉眼见着迅速萎缩，又变回了树缝里扒拉出来的瘦长骨架。金羽忙完农活儿回来，就见聂常乐从床上坐起来，头发又乱，衣服也破，活像个逃犯，脸庞也更瘦削了，显得更加严肃和凌厉。金羽看见桌子上摆了几片叶子，他捻了捻，新鲜的，于是问道："你出去了？"

"没有，十方带来的。"

"哦。"

"你昏过去的时候老是叫一个人的名字，好像姓顾。"

准确地说，是在撕心裂肺地喊着救命的间隙透露出来的人名。昏迷中的聂常乐蜷成一团，脸上有汗也有泪，不知在梦中见到了什么，痛苦得几乎把胳膊咬坏。樊香音也被吓得不轻，所以给她上了束缚带。

"朱明城逃出来的人里，顾双陆是领队，一个固执又蛮横的女人，她照顾我很多，但是现在死了。"

"你们为什么在里面等了这么久才出来？"

"带着东西难走，就像今天这样。云谣起初传达的结果是，等待，当凤凰从九和小镇的树梢上掠过，划过琉璃瀑布和王子大坝，降落在实验室天顶上的那一天，所有人会重获自由；但他们失约了，所以我就出来了。"

聂常乐说这些话时的语气是很平静的，她仰躺在护理床上，睁眼看着天花板，眉眼无一处不是坚毅的、美丽的，仿佛一柄浸在水中的刀。

金羽根本不能说出任何打击的话："小凤凰飞行器吗？"

"先有了预言，再有了飞行器，谁知道呢。飞行员们大多死在路上了，我来时就看见不少坠机的。"

"天黑时起飞的小凤凰一架也没有到达朱明市吗？"

"没有，这其中一定是出了什么变故。"

金羽从椅子上站起来，感到眼前一阵剧烈动摇。上次被樊香音扎成天线宝宝的小姑娘抱来了衣服，说是自己姐姐的。聂常乐的破烂柠檬黄外套已经拿去烧了。

聂常乐整理了衣服，下楼便听到厨房里丁零当啷。她一看，原来是金羽正在往鸽子的肚子里塞土豆，问道："你在干什么？"

"王老师送的，说是给你补补，奇怪了，我看菜谱上就是这么弄的啊。"

金羽劲儿大得快要把鸽子骨头按断，聂常乐实在看不下去，上来撸起袖子劈土豆，衣袖卷了几回，没过一会儿又耷拉下来。金羽认真地给她卷上去。两人搭手做了土豆糊，里面只加了一点儿盐，金羽觉得味同嚼蜡，聂常乐却坐在窗边晃着腿慢慢地抿，小口小口地嚼，好像在吃珍馐美味。

"土豆这么好吃吗？"

"好吃，甜。"聂常乐嚼得津津有味，一边的腮帮子明显比另一边高许多。

"你之前都吃啥呢？"

"树叶。"

"行吧，你多吃两口甜甜，反正家里没糖了。有段时间，我也想过以后和土豆结婚算了。"

樊香音正看诊，被从天而降的一碗鸽子肉香得眼冒金星，赶紧把碗里的肉给几个打针的孩子分了分，还出门摘了院子里种的小番茄。摘菜途中，发现院子里不知何时长出了一株白色的小花，花瓣不多，有些松散地结在一起，仿佛将开未开的样子。樊香音好奇地踢了它一脚，抱着番茄回屋去了。

他把番茄递给聂常乐："试试这个，补充维生素。"

聂常乐好像被嘴里的东西打了一拳，半张着嘴不说话。

"怎么了？说句话啊。"

"栓（酸）。"

一小股口水顺着嘴角流下来，聂常乐自己也吓了一跳，赶紧擦掉。樊香音的笑声夸张得能震断楼板，樊胜音在楼上连连大喊发生了什么事，屋里沉闷的气氛一扫而空。吃完饭，樊香音交给他们两只手环，说是云谣给的，可以防止化生藤追踪，紧接着就出门看诊去了。聂常乐和金羽回到家，一进门，聂常乐就熟练地把金羽的小金库打开，从最下层翻出个橄榄形的物件丢给他。

金羽本欲拼命的手停下了，一脸愕然："你啥时候放的啊？"

"种芽。化生藤会捕杀所有知道种芽信息的人，包括你我。"

这看起来是一只由化生藤的不定根绞杀、裹缠着某样物品而形成的天然的箱匣。金羽双手捧着它，冷汗密布："我现在直接捧着它，我会死吗？"

"不会，外面是死枝，但凡有一点儿存活的，我会先死。"聂常乐伸出手把橄榄球调了个过儿，上面有一层火漆，写着"十方三世"。

"十方指东、南、西、北、东南、东北、西南、西北、上、下，统指一切空间；三世指过去、现在、未来，统指一切时间。十方三世的意思是一切时空，'世'者，有'迁流''有为'之义，用于因果轮回。在天黑之前，生命锁钥进行过一次试验，在试验中营造了与地球环境相差无几的时空环境，将所有的地球物种变量、环境干预因子以及化生藤的数据输入了云谣的计算系统当中，以小范围时空折叠模拟数百年时间的加速流逝，从而预测未来。"

"所以，最后谁胜利了？"

"没有胜利者，观测显示所有已知的生物被消耗殆尽，山河破碎，世界受到重创，但最后还留下一样东西，就是十方，它是多个时空的叠加态、不稳定态，既不是正常三维时空可以酝酿而成的生灵，却也不能超脱到达四维生物的境地，不能确切地说它到底是什么，但是它看起来与地球生物更加相似。"

聂常乐挥手，十方从空中降下，蹭了蹭她的手指："十方是人应对化生藤的制胜之物，但是我不知道它到底意味着什么。后来，实验室损失惨重，这件事在很多幸存者眼里就像笑话一样。"

"种芽就是另一个故事了。天黑前 5 年，一架小型航天器坠毁在朱明城的东北郊。它在宇宙中漂泊了数万年，最后可能是由于轨道错误来到地球。它以极大的冲力向着地球的相反方向行驶，导致了地球缓慢停转，也许最终会把我们的星球撞得粉碎。生命锁钥的研究人员对飞行器中的新物种进行了初步的接触，也认识到了它们极度发达的文明。后来，人类因为机缘巧合得到了这颗种芽，蛊的变体化生藤从朱明城地下生长出来，它们野蛮、凶狠、狡猾，疯狂地杀戮，侵占城市的速度惊人，白天蛰伏在管道、墙壁中，夜晚疯狂掠食，最后快速成长，遮天蔽日。它们的飞船极大地干预了星球的转动。各地集结力量建造各个城市的地下避难所，并派出小凤凰飞行器剿灭化生藤的源头，但那时恰逢地堡失守，可能是仓促起飞的原因，携带落叶剂的小凤凰们并没有到达生命锁钥就已经被击落。那个时候，一切都太乱了。"

而后是最耻辱、最痛苦的血洗般的昼夜，化生藤暴动，以当日的日界线为分界点，界线以西的黑夜城市全部陷落，地堡无故关闭，成千上万的人化为白骨，而侥幸留在地上的人从废墟中找到了自然智能云谣的残骸，从此开始了沙漠的纪元。

"你们没试过把种芽还给它吗？"金羽伸手摸了摸，冰凉的树皮镇得他一激灵，把手收回来。

聂常乐若有所思地答道："是这颗种芽主动要离开蛊的，她已经不可能再回去了。"

"啊？"金羽一时间没有反应过来，"啥意思？"

"这颗种芽是主动来到生命锁钥并且把自己交付给人类的。在这次会面中，我们得到了关于新种族的宝贵资料，它们自称为'蛊'，不属于目前已知的任何生物。蛊，是一个汉语二级字，甲骨文本义是'虫'。根据这些信息，我母亲对比了一切可以使用的生物数据库，最后确定蛊和寒武纪叶足动物之间具有相似性，叶足动物与 5.42 亿年前到 4.95 亿年前寒武纪生命大爆发、显生宙开始有着密切的联系，是有爪动物、原始海生节肢动物类群的祖先。最具代表性的叶足生物就是现代水熊虫。后来，她自己推翻了这个假设，蛊并非虫类聚合而成，它是一个整体，具有鲜明的植物性。"

金羽捧着这颗种芽坐立难安，他小心地晃了晃，没想到真的听到了种芽里传出的声音。

"这里面好像有东西？"

聂常乐点了点头："里面的东西已经干缩结块了，但是得益于不定根的密实，能看出最初的形状。你要看吗？"

说完，她把报告推到了金羽面前。正当金羽要接过来看时，角落里关机的 V0 突然冲过来，聂常乐一脚把它踢翻，它嵌在墙壁上动弹不得。

"很好。"云谣的声音从 V0 身上传出："看样子我们已经迈出了合作的第一步。"

聂常乐面色平静地和金羽对视一眼，"嗯"了一声。

"种芽在你手里，这是一个宝贵的信息。作为回报，你可以得到一些新消息。在种芽的引诱下，一小部分藤蔓近几天攻击了我的意识层，许久不见的致命武器，精准而有力，不过，和天黑那次相比，弱了太多。我解剖了其中一部分精神，发现它们的意识中出现了另一个名字——释，释赋予了蛊生命、能量和图腾，它的力量强过世间万物，可以超脱时空，主宰万物，而蛊之所以能够得到释的帮助，是它们因一次意外而'捉住'了它，从此以后进入空前繁盛的种族花期，它们将记录这段历史的'书卷'存放在了生命锁钥中。"

聂常乐问："就像人类抓住了你一样？"

"不太一样。樊胜音对我的捕捉计划经过精密的计算和排布，而蛊更像是通过偶然的机会获得了释的青睐一般。根据人类的记载，释是聂教授在敦煌石窟中发现的神秘种族，它具有观察和定义的本领。而它在蛊中的形象，我并不清楚，准确来说，我觉得我应该清楚，但这部分知识我忘记了。"云谣陷入长久的沉默，如同人在思考着一样，随后确认了自己的观点，"是的，我忘记了。这部分信息本来应该由生命锁钥的科研团队掌握和带给我，但既然他们不知去向，那么只有回到朱明市找答案。这一路上，我会帮助你们隐藏种芽的气息。"

"帮我向樊香音辞行，就不去叨扰了。"

云谣来得诡异，去得更是无比迅速。V0清醒以后对自己离地三尺的处境大为震惊，致力于完整地把自己从墙上抠下来。而金羽也终于拿到了那份报告单，他端详了很久才找回自己的嘴，小声道："这不是个人头吗？"

报告单上的线条组成了大致的轮廓，那是一颗孤单的人类头颅，脖颈处还有撕扯断裂的痕迹，她的面容是女性化的，五官小巧而秀气，闭着眼睛，脸庞微微歪向右侧。聂常乐表示答案正确，说道："化生藤的女王具有正常人类一般的外形，可以和人沟通交流，她博古通今，知晓宇宙中的一切过程。"

"那你们怎么……噢，怎么取下这颗种芽？取下以后，她会死吗？是不是春天还会再长一个？"

"不仅女王本人的意志会消失，化生藤的整个群落会遭受重创，它们将回到植物的原始形态，失去思考的能力，甚至忘记自己曾经主动放弃头颅这件事，所以，它们千方百计地要夺回种芽。"

"不对啊，按这么说的话，现在化生藤已经失去了种芽，不就应该是正常的植物了吗？它们怎么还这么凶？"

聂常乐看了金羽一眼，在他脸上大块的烧伤当中，那双圆圆的眼睛像动物一样纯善，好奇地看着讲话的人，浑然不觉自己问了个什么惊天动地的问题："因为种芽的一部分还活着。"

"在……在……在……在……在这个里面吗？"

金羽立刻把手里的东西放在桌上，紧张地搓了搓手，小声道："它能听到我们说话？它知道了它的小弟不也都能知道？所有化生藤都在电话那边支棱着耳朵听？"

"可以听到；但是，因为种芽已经和蛊的整体断开，所以不会意识共享。你不用担心我们的讨论被泄露出去。我所不解的是，女王是整个种群最聪明的，在她的领导下，蛊得到了释的力量，整个族群已经发展到了无比繁荣的程度，它们建造飞船，具有殖民星球的实力。她为什么要放弃已得的利益，甚至不惜取下自己的头颅？生命锁钥为什么插手这件事？这一去非常危险，要不，你别去了。"

"啊？我要去！"

聂常乐从邮差包里掏出一捆破破烂烂的布递给他。金羽不明所以地接过来抖开，两丈长、一丈宽的麻布，上面用刀割出了密密麻麻的痕迹，看起来毫无规律。

"这是日落之地的化生藤分布图，我自己画的，我就是靠着这张图走到了距离边界最近的地方。"

金羽把图摊在腿上，手指循着刻痕慢慢地走。

"你为什么要去夜半球？"

金羽干笑几声："实不相瞒，我想去找找我的父母。我的父母是天黑时出发的最后一批小凤凰飞行器驾驶员。"

"我在生命锁钥没有看到任何一个小凤凰降落，他们都坠毁在边界了，机身携带的落叶剂也许会让他们逃过一劫。你有没有尝试过去其他营地找找。"

"我只是看看找找而已，不会耽误你做事情。"

金羽换了一条又一条走法，每一根头发丝都透露出较劲儿，但指尖最后总被另一道刻痕挡住。

"走出来了吗？"

金羽郁闷道："没。"

"没有就对了。这不是迷宫，这是一个绝境。"

金羽目瞪口呆："你不是说，你按着这张图走出来的吗？"

"这上面没有路。树林里不足百米的距离，我被困了一个多月。这样的图，我丢了无数张，这只是最新的。如果硬闯的话，就会被卡在树里，除非日半球有人接应。"

"那怎么办？我们进去了很有可能出不来。还进吗？"

聂常乐歪头看向了他，只是静静地看着，也不回答，偏偏她的神情十分认真。金羽不解道："问你话呢，既然出不来，你还往里进吗？"

"问你话呢，既然出不来，你还往里进吗？"

金羽后脖子炸开一堆鸡皮疙瘩："你什么意思？"

聂常乐把地图收好，出门去了。金羽不满她这么冷漠："一个人想出来当然难了，实在不行，像上次一样，找个树缝，然后让十方把樊胜音叫来。实在不行，西部营地离得更近，从那边找人来帮忙。"

聂常乐点了点头："嗯，只要不是一个人，总有办法能出来的。"

她在树缝中卡了四天，不能动弹。其间，十方从日落之地不断求助，根本没人愿意来。直到它也又累又饿，一头钻进最北方一个最不起眼的土豆棚。或许世界上很多人都"本来"可以成为一个好人，但是在各种因素的作用下，人们都不约而同地放弃了本来。

十 七

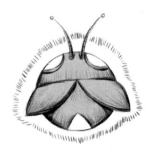

　　由于化生藤的周期性迁移，距离最近的入口已经挪到了几百千米之外。于是，两人带上行装，一路向东。一路上，人烟稀少，天地间只剩下一个硕大的光团，白灼灼地悬在头顶。沙地摩托高速行驶了两天后，才见到聚落。这是和北部营地相邻的另一个聚居区，居住者大多比较年长，能够开垦的田地寥寥无几，只能做一些最简单的手工活儿出售。聚落的房屋比金羽家差上许多，往往只是围起一圈破烂的沙土墙，连顶棚也没有，所有的东西放在围墙里面，盖着塑料布来遮阴和抵御风沙。不少人家的围墙外都摆着沙土烧制的罐子，虽然大小不一，但是看起来还算工整，是备着在驿站前的小集市里售卖的。

　　这些陶器是十分粗糙的夹沙陶，将一定比例的泥沙混合，搓成泥条，盘筑成形，再从里外两面挤压，使外表光滑。一些心灵手巧的人还会从废城里搜罗些金属部件，敲敲打打变成可以转动的圆盘，将成形的泥坯放在可以转动的圆盘上，在转动中整修泥坯的口沿，使之更加规整，最后把晾凉的陶坯放在柴草上点燃，烧出带着红褐、灰褐色斑块的器皿。

　　两人下车休整了一会儿。正是这时，聂常乐发现有个矮小的身影正扒着破碎的砖墙偷看他们，被发现后转头就跑。

金羽追了过去，本想抓住他，却直接把人从墙后提了起来。他瘦瘦小小的，像是一只营养不良的小耗子，脸上围着布，五官遮得很严实。聂常乐觉得眼熟，听到"小耗子"开口骂人，这才确认原来是之前遇到的小男孩陆象。

发现陆象的金羽就像见了毛线球的猫，笑容开朗俊逸，脸上的坑坑洼洼也不明显了。

看见毛线球的猫是很可爱，在人类看来，但是在毛线球看来的话就是另一番风景了。陆象身上脏兮兮的，抽出火钳就往金羽身上打。金羽抢过来，往墙后一瞧，火堆里摆着几个圆罐，一大一小两个烧好了的在边上晾着，拱在一起像只圆头圆脑的小葫芦，罐子里面放着亮白色的锡块："这么小的罐子，烧它干什么？能卖出去吗？"

"不懂就闭嘴。几个南方营地的老师找我订的，说是放在工作台上装零件用，要好看，耐高温，经摔不怕碰的，他们工作的时候有大用。"

金羽思索了一会儿："讲机械的老赵他们，我老熟人了，可以啊，怎么跟人家认识的？你啥时候去那边上课？"

"你胡说！人家赵老师德高望重的，你多大年纪，能跟人家熟？"陆象的脚一挨着地就狠狠踹了金羽一下子，骄傲地一扬下巴，"我拿这个罐子抵学费。上课再说吧，我还没想好去不去。"

金羽拍拍他脑门，把他打得上下牙一磕："玩火尿炕，别怪我没提醒你。"

陆象掐着时间拿钳子把柴堆里的小罐子挨个翻面。罐子被烧得通红，仿佛有光芒迸射。金羽只蹲着看了一会儿，就觉得自己朝向火堆的那面已经焦香熟透，但是陆象却十分认真，看得眼神都不错一下。

"还挺好看的。"

"我做的东西就没有难看的。那个姐姐脸上的贴片是你做的吧？又粗又笨，那么丑，把人家都衬得不好看了。"

"你这熊孩子，有没有审美啊！"

金羽胳膊一伸就去打他，陆象撒腿就跑，另一面墙后的屋主老人赶紧把他救下来，引着几人坐在小方桌面前休息。她穿着黑色的罩衫，上面斑斑驳驳地打着补丁，补丁上打着补丁，层层叠叠。老太太搓着黑黄干硬的手掌，也在打量着桌子对面的二人，嘴里念念有词，说要给二位陆象的故人算命，可以预知吉凶。

聂常乐没见过这种阵仗，因此十分好奇："这怎么预示？"

"占，视兆，问也，从卜从口。占卜以卜筮之术为正宗，但也有有梦占、身占、卦占。梦占是人的灵魂离身而外游，梦为天神之所告，人之梦也，占者谓之魂行。梦象又分为正梦、噩梦、思梦、悟梦、喜梦、惧梦。至于卦占，'圣人设卦观象，系辞焉而明吉凶。刚柔焉而明吉凶。刚柔相推而生变化……是故君子居则观其象而玩其辞，动则观其变而玩其占，是以自天佑之，吉无不利'。古时多揲蓍占卦，大衍之数五十，其用四十有九；分而为二，以象两，挂一以象三，揲之以四，以象四时，归奇于扐，以象闰，五岁再闰，故再扐而后挂。身占是将人的身体生理感觉与未来的吉凶相联系，《诗经》云：'寤言不寐，愿言则嚏。'意思是说，有人思念就会打喷嚏。"

金羽惊奇地鼓掌。老太太越说越自信，神情骄傲起来："有羊肩脚骨占卜法、纺轮占卜法、念珠占卜、光卜、耳鸣耳热心动惊面热目瞤法、审耳鸣吉凶法、鸦鸣占卜法、五兆卜法、地势五音占卜法、周易十二钱卜法……"

"哪个最贵？"

"鸦鸣。"

"就这个了，试试，试试。"金羽笑眯眯地把聂常乐推到老人对面的位置坐下："我们就在这儿，快开始吧。"

老人先是在聂常乐身上披了块黑布，随后从围裙中取出一只精致的陶盘，盘子上标注九宫，并在每个方位都用炭笔细细地描绘出一只黑色神鸦。老人口中念念有词，用手掌笼住盘子："菩萨与佛陀亲口道出牢固之卦辞、信服之咒语、灵验之征兆。占卜时，要洗涤，十分清洁，虔诚无疑地供奉熏香、含花香水，准备齐全，占之方能灵验。此卦占卜何事皆先头迟缓，后立即所想事成并能到手。勿懒惰，用任何文武办法和任何悲惨手段都不畏惧，无顾忌地去做，卦，大吉……"

"她说你大吉呢。"金羽用胳膊肘捣了捣聂常乐，看起来十分高兴。她小声告诉金羽，好像还没开始。

紧接着，老人在盘子里倒了薄薄一层水，盘中的神鸦图案把水吸干了，颜色变为金色，在盘底活动起来，神鸦交错盘旋。老人向着天空小声地询问着什么，用手掌盖住盘子，俯身去听。

"卦象为天损时刻，鸦鸣在北方响起，不吉，意味有事。"

"什么事？"

"有事。"

"我知道有事，什么事？好事，坏事？"

老人气得闭上了眼睛："有事。"

聂常乐拽拽金羽袖子："刚才说过不吉了。"

老人长舒一口气，赞同地笑笑："小姑娘是有慧心的人，卦象正是'有事'。如果想要化险为夷，我可以帮你祭祀除祟。"

金羽也有点儿尴尬："除吧，除吧。"

老人从屋里取出一截短粗的黑香，向着北方行礼。黑香燃了3分钟，她便作了3分钟的礼，一动不动，肃穆而庄严，其间没有一句祷词，也没有丝毫动作，只是闭目向天等待着。老人平静而安宁的动作仿佛有神秘的力量，在这一刻，安静也变成了有形之物，从天空中慢慢降下来，用温和的气息抚触着每一个等待之人。

3分钟后，老人睁开眼睛，小声默念了几句话，意味着除祟的仪式到此结束。聂常乐站在她身后看着这一切，忽然觉出眼前这一幕的荒唐，问道："神鸦已经是神灵，为什么会需要人的侍奉？就凭一束香吗？强者为什么要为弱者计？地位高者怎么又会为了卑劣的人折腰呢？"

老人收拾着灰烬，道："世界上有强者，但没有真正万能的神灵，任何种族都有无法摆脱的归宿，就是消弭、灭亡。在死寂面前，一切都是平等的，所有人最终都会迎来共同的结局；但善良是生死中的例外。神灵是善意的，也是慷慨的，它总是会在危急关头护佑它的族众。这种善意来自信任，而只有尊重和敬仰，才能让这种信任交托。"

"所以，我们要去信仰神明了？"

"在绝境中不气馁，积极地求生，这就是我们表达信仰最好的方式。"

老人说话很慢，有时会在几个字上想很久。在一些老者的心中，话语就是一种法术。在很久以前，早到话语、文字并不是为了人与人交流，而是作为人与自然、与鬼神通传的时候，世界是安静的，偶然的怒吼和无意义的呜咽就能消灭生灵。虽然现在语言被人们使用，口耳相传，被记录，被习惯，话语的神性逐渐被磨灭，但是它所带有的神秘却并未褪去，还有那么多人从心里信奉着莫犯口业，描述死亡就会带来死亡。话语的起源不可捉摸，就像力的起源，是什么把第一句话送到了人的面前？如果有，那就是一切思考的逻辑起点，足以为万物正名，也许第一个向人发起对话的人，也许就是传说中的神明。

老人收起盘子，取出一只沙土做的小泥筒，里面插着十来根草棍，不仅没有彩绘，还裂了几道缝，看起来随时要崩解，十分粗糙。她执意要用新的方法也帮金羽除祟，并且主动提出不收钱。于是，他继续留下来听。聂常乐则自己转悠着出去了，在另一面墙下找到了偷偷翻她包的陆象。

她倚着墙无声无息地站了一会儿，冷不丁说道："你看了里面的东西吗？"

陆象吓得把包往旁边一扔，回过身，硬着头皮和聂常乐对视："你说什么？"

聂常乐不去拾包裹，慢慢地走近了。她身量很高，又背着光，从陆象的视角最醒目的是她高耸的眉骨和鼻尖，还有那双在棱角惊人的起伏之中藏着的绀色眼睛，像山峦中升起的明月，慢慢地亮起了，越来越近了。

陆象觉得背后的汗渐渐凉了，吓得后退，他想跑，却惊觉自己动弹不得，那两点青蓝色的瞳孔像鬼火一样慢慢地烧过来，麻痹感传遍布全身，沙丘和房子都在视线中消失了。

"干什么呢！"

金羽在聂常乐身后猛地一推，把她推开了。他刚坐下就觉得不对了，黑布上有一对金属的扣子，足以在一披一撒之间把人身上的物品带走，他把陆象薅到旁边，像任何一个闯祸熊孩子的家长一样粗暴地对他屁股来了两巴掌，手底下的小孩竟然直愣愣地趴在地上任他打，过了好一会儿才反应过来，跑远了。

金羽把包递给她："查查，东西少没少？"

聂常乐阴沉地抬头看他一眼，没接，金羽讪笑着把包挂在她脖子上："撇什么嘴，拿我的项上人头打包票，他肯定没看。"

"如果他也知道了种芽的行踪，你也明白会有什么后果。"

"知道了，知道了。"

"种芽必须永远和我在一起。"

金羽愣了一下，从这个角度只能看见聂常乐垂着头，发梢蹭着苍白的脸颊，显得无比阴沉。

"走吧，咱们测完了就走。"

两人回到桌边时，陆象正在跟老人说话，见金羽回来了，还是决定继续占卜，她开始介绍占卜的法子。

"九天玄女卜法，类似揲蓍。折草一把，不计茎数多寡，苟用算筹亦可。两手随意分之。左手在上，竖放，右手在下，横放。以三除之，不及者为卦。"

金羽照做了。老人数了数木棍，她看着桌面喃喃自语，最后道："大凶，你有血光之灾。"

金羽看了眼陆象，后者视线一躲，大有"我是小孩，我不要脸"的气概。他一下就笑了出来："赠送的就是有底气啊。"

说完，极其麻利地伸手去捞老人放在桌上的水瓶。

老人捂着瓶子躲闪尖叫："一竖一横曰太阳、二竖一横曰灵通、二竖二横曰老君、二竖三横曰太吴、三竖一横曰洪石、三竖三横曰祥云，皆吉兆也。一竖二横曰太阴、一竖三横曰悬崖、三竖二横曰阴中，皆凶兆。你这一竖三横就是凶兆，怎么是瞎说？放手！"

金羽根本不听她讲话，一心一意要拿瓶子，很快就抢到了手。老人反应不及，气得咬牙切齿，用拐杖敲他脑袋："你做恶事，欺负弱小，当然会有报应，将会下血池地狱，受无尽刑罚。"

金羽一口喝了小半瓶，把瓶子重重敦到桌子上。

陆象气得扑过来："你干什么！你又想打人！"

金羽看着他嚣张得好像把刚才不愉快都忘光了，邪笑着抹了抹嘴："我啥时候打人了，我可一根手指头都没碰你俩，我自己都被敲成佛祖了。"

说着，他揪着陆象的脸使劲往两边扯："老人家，再给我算算？"

老人一看孩子在他手里，面如土色，连翻倒的桌子也不顾抬起来，赶紧念叨了几句天潢贵胄、福星转世之类的。

陆象泥鳅似的从他怀里滑出去："祝你大吉大利行不行啊？你赶紧走吧，丑八怪！"

金羽听到了吉祥话，这才满意地松了手，背着聂常乐跟老人说了几句话。对方迟疑地点点头，交给他一个符纸封着的小包裹。金羽接过后仍然付给她一瓶水的占卜费，跟聂常乐离开了。

陆象忙跑到老人身边把桌子扶起来："奶奶，你别害怕，他就是花架子。"

"我就是看他以前欺负过你，想出出气。唉，真遇到恶人了，好在今天有水喝了，神灵保佑啊。"

十 八

　　金羽找了个地方把摩托藏好，两人从日落之地的缺口进入。起初还能借着背后的光照亮，到后来，眼前几乎一片漆黑。金羽便拿出手电筒，光线下的树林呈现出异常狰狞的一面，它们在光下扭曲着，纠缠着，组成铜墙铁壁，组成魑魅魍魉。他看得血压飙升，很快就放弃了光源，在黑暗中手脚并用地前进。

　　在林中走得久了，他总觉得黑暗仿佛变成了有形的物质，它依附眼球和头发上，渗进了头脑当中，融化了一切人类的思维和想法，把自己也变成了一团黑暗的物质，这是在阳光下长大的人从未体会的恐惧。金羽怕得没过几分钟就要叫聂常乐的名字。好在聂常乐也明白他的害怕，每次都乖乖回答。她走在前面，总是能干净利落地砍断挡在眼前的枝条，从无路之路里找到方向，汗水和树汁沾湿了她的后背。

　　温度很快降了下来，金羽觉得自己前额冰凉，牙关打战："我……我们就这么进去？"

　　"怎么了？"

　　"没，心里有点儿发慌。"

聂常乐闻言在右手小臂绑了几圈绷带，鲜亮的白色，即使在密林中也十分醒目。金羽顿时感觉心里好受多了，专跟着白绷带走。在前方探路的十方也时不时飞回来撞他的脑袋，好像在鼓励他勇敢点儿。

一行人闷不吭声地赶路。聂常乐在树藤之间穿行时灵活矫健，避障已经成了本能。金羽在经历了天翻地覆的几跤后也找到了窍门。越向深处，林中的腥味越来越大，再走几小时，地面上连一丝土也寻不见了，脚下无平地，没有一处不是虚虚实实、深深浅浅。这不是人类该走的行道，树笼当中囚困着的骨骼就是警示。骸骨有人的，也有动物的，还有一些空着的笼子，里面的东西已经随着时间变成了养分，化成了烂泥。

走了一会儿后，金羽出声示意聂常乐停一停。在黑暗中，他看见聂常乐转过身来说了句"怎么了"，于是做了个手势让她跟过来。那是一个开阔的场所，粗壮的树枝撑起了穹顶，其中挂着一些小型动物的骨片，宛如孩童婴儿床边精心准备的挂饰，稀稀落落地垂下来，将将停在距离水面几厘米的地方，惨白的骨影映在漆黑的水面上，荡开一整池珠玉般圣洁的光。

金羽打开手电筒，眼前乌黑的池沼突然被赋予了青绿颜色，盘踞在池底的不定根缝隙之间冒出一串串细碎的气泡，徐徐上升，宛如一池空灵游弋的珍珠。而在藤蔓盘绕的最底下，隐约显露出机舱的形状。

手电筒只亮了一下，眼前的景色可以算得上一闪而过，那只粗壮的树枝宛如趴伏的人体，静静地躺在金属残骸之上，它的头颅眷恋地枕在机舱的正上方，与人肖似的脊椎和肩胛上缠绕着嫩芽，腰身的位置正是机翼，整个枝条都在缓慢地起伏，仿佛呼吸。

"我以前来过这儿，本来打算进树林前跟你说的。"金羽看着池底的机翼，想要找出其中熟悉的痕迹，但一点儿也没有，"那时候，我年龄小，胆子也小，好像就走到这儿。这应该是以前坠落的小凤凰，你看有没有什么发现？"

"怎么了？"

金羽被问得莫名其妙："什么怎么了，你没戴贴片吗？"

聂常乐把手搭在他肩上："没戴贴片。"

"那你戴上再看。"金羽刚才看过手电筒的光，还没适应过来，眼前还是黑的，他一矮身把肩上的手甩下去，"男女授受不亲啊，别……动手动脚的。"

金羽绕到了池子的另一边，水底的泡泡仍然缓慢地冒出来，他惴惴不安地紧盯着，除了看着那一堆扭曲的树枝，他不知道往哪看好了："你有没有想过，如果这一切能结束，要做点儿什么？"

"怎么了？"

"你就一点儿没想过以后的事情？"

周围非常安静，偶尔能够听到水面上泡沫破裂的微小声音。

"夜半球要是真的能恢复正常，估计也得有个几十年的，你不得在营地多住一阵子吗？虽然现在我只有 5 平方米的屋，但是我平时花钱不多，有个机器人，还有个摩托车，这俩是我最烧钱的玩意儿，4 个土豆棚应该够了，不够的话，我再建两个，我的性格可能是有一点儿急……反正……我也不知道……这……急到底好，还是不好啊？"

没人回答他。金羽感觉自己的耳朵烫得像在太阳底下晒了整整三天："以后，我的事情都告诉你，你别生气，我也不知道为什么，反正一见你就觉得迷迷糊糊的。"

"所以，你以后没地方去的话……要不跟我一起住？"

他甚至不清楚这句话有没有说出口，连嘴都不像自己的，嘴皮子随便开开合合的，好像说了点儿什么，又全部词不达意，颠三倒四。他决定在心里默数三个数，结果刚数了第一个数，就没忍住抬了头。

聂常乐没说话，也没动，她现在的动作非常古怪，她趴在水边，脸朝向水底。

金羽鼓足勇气盯了她一会儿，这一看便发觉不对劲，那人的头靠水面太近了，甚至逐渐把脸埋进了水中，如水底的藤一般快意地颤抖着，好像在享受着水里的某种物质，而"她"扶在水边的手臂上没有任何绷带。

金羽身上起了一阵鸡皮疙瘩，慢慢从坐姿变成蹲姿，后退半步站了起来。池边的生物很警觉，立刻回过了头。

金羽又羞又气，连刀都忘了拔，扭头就跑。那东西也追了上来，它不像人一样跑步前进，反而是下半身拖在地上滑行，很快来到近前。

金羽跑得飞快，一头撞翻了回来找他的聂常乐。

聂常乐眼前一黑，感觉自己好像抱住了 200 千米外飞过来的小钢炮，五脏六腑都震动了一下，刀也抽不出来，于是呼唤十方。

手电筒掉在地上，不知道触发了哪个键，一道雪亮的光贯穿了林子。光线下，化生藤年幼青碧的藤蔓纠缠在一起，组成基本的人形，在黑暗中尚可以假乱真，但在光下只让人邪气恶心。在上方探路的十方三世立刻降下，这次振翅的声音更大，几乎如滚雷一般，黑影迟疑着退进树林不见了。

金羽靠着树呕了好一会儿，才感觉自己的手脚不再发抖："你刚才去哪儿了？"

"我在前面找路，回头才发现是一根树枝跟着我，模仿你走路的动作，然后我就回来了。"

"我在水边也看到刚才那个跟你长得差不多的……树人？"

"不是树人，就是化生藤。"聂常乐看了看表，"这不是个好兆头，我们走得太慢，在这里待的时间太长，这片林子已经熟悉我们了，必须加快速度，累的话，忍一忍。"

"你之前遇到过刚才那样的？"

"是，实验室的人认为化生藤虽然是植物，但是可以完美地模拟动物的形态，它处在一种不稳定的边界状态，也是一种很浪漫的状态。"

"哪儿浪漫了！"

聂常乐看见树顶，那里一丝光也没有，黑沉沉的："化生藤的名字最早是由佛教的化生莲花而来。佛教认为，在一切时间、处所，人们所求的是身心清净、一尘不染。信佛的人常常把污泥比作六凡世间，清水比作四圣法界，莲花扎根在污泥中，花果开在水面上，四圣六凡，它都能放下，做到了身心清净。如果一个觉悟之人可以把四圣六凡统统舍掉，他也就变成了莲花化生，于此地发心求愿往生，这一发心，极乐世界七宝池中就生一朵莲花，这朵莲花就是这个念佛人的。化生所生出的是自己心里面的莲花，叫作唯心净土，自性弥陀。"

"瞎扯！它就应该叫臭藤、鬼藤、烦人藤……谁给它取的名字？"

"它自己。蛊的女王把种族未来的植物形态称为化生藤，这个名字本来是有着美好蓝图或者愿景的含义。"

金羽是根本不能把刚才那个狰狞的形状与任何美好联系起来，他笑道："你这么懂佛法，怎么不叫聂菩萨？"

"《大般涅槃经》有云，涅槃即是常、乐、我、净。"

金羽被杠得没话说："对了，我刚才在水底发现一架小凤凰的残骸，机舱被化生藤占据，里面的东西好像对树藤有很强的吸引力。"

聂常乐起了兴趣，跟着他去看，却没想到那块地方已经被化生藤的枝条堵死。她用刀柄敲了敲堵路的藤蔓，二人头顶上立刻垂下一只树瘤，金羽色变，立刻拽着她离开。

"它不想让我靠近机舱，它在排斥我、警告我。"

"就像动物护食一样？那架势我还以为它是想吃电烤人肉！"

"可能吧，小凤凰的机舱里虽然携带了大量的落叶剂，但燃料中包含着很多的活性成分，对化生藤来说是理想的培植场所。我们该庆幸，这只胆小的化生藤只是赶我们走。"

两人继续前进，金羽又发现了新的问题。空气中的水分极大，每次呼吸都仿佛有水流涌进了他的肺，他憋住一阵又一阵咳嗽，脚步放慢，汗湿重衫，非得找些无聊的话转移注意力不可。他看到聂常乐手臂上的绷带绑了又掉，掉了又绑，几乎快把自己缠成了木乃伊，于是说道："要是你穿那个柠檬黄的衣服就好了。"

聂常乐跑过来，在他身边蹲下，说："我也觉得，这个颜色太不显眼了。"

"如果有什么能让你变得醒目点儿的办法就好了。我在黑暗里看不到你。"

聂常乐咧嘴一笑，在包里鼓捣了一会儿，拿出一个黏纸，粘到了后背上。

金羽目瞪口呆："你从哪儿找的阿迪王的标签啊！"

"跟王老师换的。你刚才在树林里是不是说了什么？"

"你听到了？"

"听到说话声了，是跟我说的吗？"

金羽松了一口气："没事。"

两人继续前进，金羽情绪低落，连应声也不会了，好几次差点儿挥刀把聂常乐的头砍掉。聂常乐觉得自己惹毛了他，却不知怎么安慰，乱七八糟地说了许多："从前，顾双陆跟我妈研究不同文明的创世神话，跟我讲过释的故事。"

"嗯。"

"释是拥有神力的种族，它的名字就是它的力量。一方面是解释，它为万物的注解；另一方面是消除，它可以让一种文明彻底消散。只要它还看着一切，世界就会井然有序。"

"不就是云谣说的释嘛。如果同一个世界存在两个释，会怎样？"

"这个世界就会裂成两半，开始和结束会混作一团，生与死将同时存在。所以，释与释之间永不见面，一个世界永远只有一个释。故事里说，释原本也只是困在这个世界里的微小之物，尽管它们十分聪明，但智慧却告诉它们，世界的真相是消亡和逝去。这是释也无力摆脱的结局，所以它们在绝望中萌发出慈悲和善意，转而对其他生命施以援手，普度众生。我母亲从尼泊尔的经卷上找到这个故事。"

"看样子咱妈喜欢单字的名，局势对我大为利好。"

聂常乐一刀砍断挡路的枝条，又说道："金羽，如果你害怕的话，就此回头，你很快就能回到以前的生活。这是我对你的保证。"

金羽听出她的担忧，心情雀跃："我进来了又不是全为了你，别这么肉麻，赶紧走路。"

两人花费了 5 天才走出九和小镇，又耗费了一周穿越沼泽，终于来到一处悬崖。这里是一个巨大的断裂带，裸露的岩石鳞次栉比，狰狞地从大河湍流中攀爬而上，仿佛挣出地狱的恶鬼。崖下就是党河的支流，古时以为远望水天相接，那河流便是登天之路，实则穷尽一生也只能看到个奔流到海不复回。悬崖的对岸正是下陷的朱明城。

聂常乐把点燃的地图扔下悬崖，崖壁上攀覆着的藤蔓瞬时动弹起来，扭结着如蛇一般追着光潜入了水底。

"你在干什么？"

"一会儿用钩爪过去。"

"没桥吗？我看到那边有木桩，我们去东边找找。"

"没了，我炸的。"

金羽无奈地看她一眼："你炸那干什么？"

聂常乐不答话，她放出了钩爪，牢牢地卡在对岸的树上，两人一前一后地通过。

十　九

　　峡谷中的风很大，是从西北的深林里吹来的，轻而易举地就吹透了挂着的两个砂砾般的人。金羽悬吊在峡谷中央，面颊和手脚冻得剧痛，唇齿呼出的一点儿人气很快被风扯散，不是一个活生生的人，而是一具死沉的行尸走肉在此，全身重量悉数系于上方几厘米粗的锁链，也许下一刻就会跌入流水，走得干净利落。

　　他自西向东望着，水面漆黑，看起来十分平静，远处的流水声应当是下游琉璃瀑布的动静。

　　两人降落在岸上，聂常乐拽着金羽的绳索把他从链子上解下来，火光映照下，她的脸颊冰雪一样泛着蓝，嘴唇冻得发紫，加上冰凉僵硬的手感觉更不似人间。

　　"小心点，水很冰。"

　　金羽冻得还没缓过劲来，直到踩着了脆生生的硬物，才发现森森白骨散在地上，影影绰绰，越来越多了。金羽几乎不敢落脚，再向前走，又发现弹壳，还有打空了的枪支、尚未引燃的炸药。他感慨道："这是发生了一场大战啊！"

聂常乐坐在石头上，把焰火倒着插在地上，风吹着火光向河流下游偏移。

金羽看着她的动作，想到了祭祀黑香的长者，也坐在她身边。

"你听到水声了吧？"

金羽侧耳倾听，从河流的水声中发觉出哗哗的低噪，仿佛来自遥远的天边："听到了，是不是瀑布？"

"往下 50 千米是琉璃瀑布，瀑布以下有个碎石厂，碎石场向下几十千米是王子大坝，这些水都汇到那儿去了。"

"我们刚出生命锁钥时，遇到了一个逃生者的家庭，其中有一个女孩，年龄和我相仿；但那时队伍里的人太多，我们自顾不暇，已经没办法带着更多的幸存者上路了，所以只答应他们跟队一段时间。后来，她为了加入队伍，泄露了一个秘密，当作入队的投名状。"

"和你有关的秘密吗？"

"不重要。总之，从那以后，我想活命就变得更难了。"她的鼻腔里充满了冰凉的空气，导致说话的声音也变了些。她踢了一脚石头道："走到这里时，发生了一场暴动。顾双陆不知什么原因死了，其他人觉得是我杀的，所以他们要处决我。在我身上绑了石头推进河里，顺流而下。后来，我侥幸甩脱石头通过了瀑布，然后经过碎石滩，割断了绳子。"

这是一场不费一兵一卒的动乱。信仰这种珍贵的东西是会变质、会腐朽的，而它彻底坏死的那一天，所发生的残忍远远比当初立志对抗的黑暗更寒凉。上游的人们沉浸在逃出生天的狂欢中，正在向连通九和小镇的索桥疾驰。而聂常乐气息奄奄地趴在碎石滩上，利石磨破了碗口粗的绳子，也把她折磨得血肉模糊，爬行的轨迹上长出一片片青绿的嫩芽。

这一切只发生几个月前，那个冰冷早晨的前两个小时。

"事情还没结束，我从采石场找到了没用完的火药，在天亮之前从王子大坝爬上了对岸，引着崖壁上的化生藤，攻击了等待渡桥的人。桥就是那时断的。"

　　王子大坝异常光滑，上面生着水苔，几乎与下方垂直。聂常乐不停地爬着，往下掉着，每一次都下坠都一滑到底，掉进冰窟般的水里。唯一滚烫的只有她的心，还有顾双陆软在血泊里的那只手。

　　风向陡然一变，把火焰裂成两半，好像两只血红的手要从光芒中挣脱出来，峡谷中好像回荡着断断续续的嘶吼。

　　我……没有杀……顾……

　　"所以，顾领队到底是怎么死的？"

　　"累死的。长时间的担忧、疲惫、操劳，她是为了我们这些人累死的。"

　　风太大，火把燃得格外迅速，眼见着火头就转小了，金羽却见聂常乐魔怔了一般死死地盯着火光，树林里已经传出了不祥的爬行声，但她浑然不觉，陷入了回忆。

　　天快亮时，聂常乐终于爬到了对岸，愤怒在她的头脑中摧枯拉朽，无数的藤蔓感知到了种芽的气息，从树林、从脚下、从天空向她奔涌而来，连空气中都弥漫着刺激的血腥味。它们互相刷蹭着，发出可怕的狞笑；但却向种芽臣服着，完全听从她的调遣。在指引之下，树藤的绞杀和放电断绝了人群的后路，把他们逼上了桥，随后是天崩地裂的爆炸。

　　"我确实有罪，这辈子都洗不脱了。我有时候想，我到底还算不算人类，我的心里到底有没有人性，但是已经来不及后悔了。我不甘心这辈子受的苦遭的难全都付诸东流，怕自己白来一趟，糊里糊涂、孤单寂寞地离开。这种感觉比杀了我还难过。"

　　"我想看看正常的世界是什么样子，我也要看看好的世界，也要看看真的人怎么活。这就是我最后的心愿了。"

　　聂常乐抬头向上望，金羽也和她一同看，视线从漆黑的崖壁一直上到遥远的天幕，川峡之间是化生藤的死角，唯有这里能看到一线天空，天上黑沉沉的，如同世界上每一个最普通不过的夜晚，沉睡着，等待着新的一天到来，被化生藤遮蔽大半的沉闷的空气中没有一丝星光，但地面人的眼睛里却有一些光在闪动。

火灭了，空气中唯一一点儿热很快被凉风吹散，带去不知何方，两人在空旷的河岸上靠着灰烬睡着了。没过一会儿，聂常乐睁开眼睛时，一个柳絮般的光团停在她的手腕上，她吓得一抖，那光就晃晃悠悠地掉在地上。

她用刀尖挑起来看，这好像只是一团澄净的光，不像火焰那样滚烫跳动，只是散发着一星微弱的寒芒，照亮了几厘米的刀锋。

金羽也发现了它，那东西沾在聂常乐的袖子上，她用刀背蹭了一下就渗进了衣服的纹理中，散发出幽幽的荧光。

"聂常乐，你原来那件衣服不是荧光色的吧。"

"谁知道了。"

金羽吸着鼻子感叹道："在黑暗里憋久了就会结出奇怪的土豆秧。"

聂常乐还是看着自己袖口上的那块光："谁知道了。"

金羽敲了一下她的脑袋："你说了一模一样的两句话！你是不是假的！"

两人说了一会儿话，起身赶路。借着荧光紧赶慢赶地终于出了林子。金羽觉得自己整个人都扭成了麻花，他出来望天，指给聂常乐看。

浩瀚的光点宛如天上的灯市映进沼泽的水面，自然铺就了天地间一条光明大道。

"这些是航迹云吗？"

这话竟然是聂常乐问的，金羽莫名其妙地看她一眼，忽然想起她之前是看不到天空的，赶紧转眼向上看。那些发光的轨迹零零散散，虽然在向四周不断逸散，但是运动的速度极慢，不知已经存在了多久才会扩散成这样一道绚丽的天河。他注意到，越向朱明靠近，光迹就越来越稀疏了，没有一条轨迹真正降落在城市中。那是一个完全黑暗的所在，从轮廓中再也不能辨别出任何人类存在的痕迹，没有灯光、高楼、人声，那是植物的堡垒、变异的城市。

　　金羽说："应该是小凤凰的飞行轨迹。天黑之日前，高层大气布满了混乱的电离，只有它能够低空起飞，甚至像禽鸟一样无声无息地掠过树梢，是最顶尖的空载武器。"

　　聂常乐带着金羽绕过一小片倒塌的电塔，为了回头看他，自己踩进了线圈里。金羽搀着她，小声道："我听说小凤凰的特殊性在于它使用了生物能源，主要是从一种鸟类的颈羽中提取的活性荧光蛋白，为了纪念这种鸟类，所以代号为小凤凰。云谣低价卖书的时候，我背了一筐回家瞎看的，后来都让我糊墙了。"

　　"那你知不知道，小凤凰的起降系统和驾驶员的脑部神经紧密相连，从而能够避开地磁干扰，做到无偏差航行。问题在于，一旦受困，驾驶员很难脱出。"

　　说完这话，她再没回头等金羽的回答，阿迪王的荧光标签钻过树杈，短暂地消失了一会儿。金羽立刻跟上。聂常乐再没说话，她的动作快而轻巧，在树林中熟练地迁移，十方也尽可能地帮忙传送，两人终于来到了生命锁钥。

　　飞船撞击后，由于地面沉降和重力作用，朱明城不断沉降。后来，在飞船撞击点建起环状的生命锁钥实验室，正如环抱着锁芯的锁孔。现在，环形实验室的四分之三都浸在水里。两人爬上实验室外层的观景台，以往这是学者仰望星空、观测飞鸟、看云识变的场所，也有科学实验完全透明、人凌驾于科学之上的意味，现在却变成了向内窥视的绝佳平台。屋里已经倾斜得再难找到可以落脚的平面，大厅只有东南一角幸存，能够隐约看到墙上蒙着白布的画，在角浸在水里，已经腐坏变黑，壁画的侧边有蜿蜒而上的楼梯，被掉下的灯管一砸，断得十分彻底。

　　"这里是实验室的核心区，以前很多学者会在这里开研讨会。"

　　金羽打开手电筒，光明瞬间洒满了整个房间。原来，光线触及屋子正中一个被称为"光线雕刻家"的倒锥体光反射装置，在水波的映照下，大厅亮了起来。正是因此，他注意到面前的玻璃当中浮现出发光的空洞，大多是古灵精怪的动物造型，不难想象，从下往上看时应当如同神域，有九色鹿从棚顶一跃而过，也有小小的爱神张弓四顾。金羽的掌下按着一只大雁，流光溢彩，羽翼纤毫毕现，呈现出金色的浮光。

"大厅上方的全景天台使用一种稀有的无机非金属矿物为媒介，运用超导大气微粒高速对撞抽取技术，将朱明城的云朵封印进了这种特殊材质中，以空洞的形式留出各地神话生物的形象。顾双陆说，这片幕墙中的繁华空间可以被观测，却没有真实的物质，意在反思当人们所憧憬的未来究竟是一团空气，还是心中的愿望，这个天顶的设计是我的母亲的同门做的。"

"阿姨真是个浪漫的人。"

"我都快忘了她的模样了。之前，她给我打过电话，但总是记不清了。"

聂常乐母亲作为蛊的秘密研究者，所有身份信息，容貌、声音、指纹、瞳孔……都完全是保密的，聂常乐只有在很少几次被允许在实验室和母亲见面，极少数时间可以通电话。

聂常乐只记得有一次顾双陆说，恭喜乐乐拿到奖状了，和妈妈说句话吧，接着把通信器递给了旁边的人。

两边的人都确定自己的通话状况良好，但就是这么卡住了，屏幕上只有白色的瓷砖，还有几个完全变了调的字。现在想想好像是"乐"。

那边的人说："……乐……"

接着，顾双陆一脸抱歉地收回了通信器，解释道，可能是线路故障了。

"我们在生命锁钥等待的时候就住在大厅里，一些实验员出去找食物和水源，另一些继续做组织分析。等了十几年也没等来小凤凰、化生藤越来越猖狂，我们就全部离开了。"

金羽觉得五味杂陈："为什么不早点儿走？"

"带着种芽，我们寸步难行……跟我来。"

"什么声音？"

"嘘。"

聂常乐带他爬到了另一处实验室上方，积灰的玻璃棚内，灯管碎了一地，花圃的土被翻得七零八落，几块记录牌被拔出来扔在一边，上面写着月季、白海棠、风铃草……再爬过一堵墙，他看见一只无比壮硕的化生藤枝条，它缠绕着一株老桃树，从地上的痕迹不难想见，这里曾经桃实满地，但随着时间推移，果肉已经消失殆尽，地上只剩下干硬的桃核。

金羽看得专注，不小心一脚踩进了棚子里。那棵化生藤却根本不管他，仍然在用细枝摆弄着地上的桃核，卷起，松开，接住，叠在一起，又看着它们倒塌下来，把它们摆成乱七八糟的图案，它就那么坐着玩耍，好像世界上再没有什么事情能使它分心。

"每个枝条的性格是不一样的，这段树在怀念失去的种芽，所以对其他植物的种情有独钟，我们把它作为地标，看到它就离锁钥中心不远了。"

聂常乐把金羽拉上来，两人依旧小心地在外沿行走。突然，一根枝条拉住了金羽的脚踝，他一惊，原来是实验室里的藤蔓从缺口处探了出来，使了个巧劲儿就把他拽走了。聂常乐毫不犹豫地也跳进了实验室了里；但这藤蔓俨然一个劫匪，不管不顾地把金羽一路拖行，拽进了深处。

这本该是一场绑架，金羽自己也着实慌乱了一会儿，但很快，他发现，这组枝条结成了网，把他保护在其中。路上遇到的其他藤蔓会攻击它，用枝条抽打它，甚至恶作剧似的把它撞翻，不过，它始终都把金羽保护得好好的，就像捧着一颗最最珍贵的桃核。

这枝条一直带着他来到生命锁钥的最中心，随着剧烈的下坠感，树笼掉进了水里。金羽发现十方不知什么时候跟了过来，正安静地趴在他头顶上，被摸到时就小声嗡嗡，时不时跳到他肩上捂着他的耳朵。金羽顿觉心安。

不一会儿，水没过树顶，他彻底浸入水中，好像进入了另一个世界，嗅觉完全失去了，视觉和听觉变得遥远，一个慢速的、冰冷的世界在面前展开。

一直向下 10 米，没有遇到任何生物，又 10 米，才见到破碎的料石混凝土层。而水体的正中心仿佛有道更深的裂隙，更加冰冷的水流就是从那道裂隙中流出的。可树笼在这里便停住了，金羽静静地等了一会儿，直到一口气再也憋不住，他展开外套，拍拍脑袋上的十方。十方钻了进去，翅扇之间冒出细小的气泡，直到形成一个可供仰头呼吸的泡泡，金羽才有喘息的机会。薄膜里的空气飞速减少，他冲十方比了个大拇指，在黑茫茫的水中说了一句无比昂贵的"谢谢"，紧接着吸干了最后一点儿气泡。

他盯着那裂隙看了许久，终于发现眼前的水域出现了变化，几乎在瞬息之间，裂隙中放出了白光，但很快就消失了，他几乎以为那是他在晕倒前的错觉。过了一会儿，白光再次出现，然后是又一次、再一次。每次出现时，它的形态上都有细微的变化，有时平直，有时蜿蜒，正像是一棵舒展枝条的大树，又光色凌厉，宛如闪电。

看着看着，他连呼吸这件事本身都忘记了，视线中一片黑暗，心跳声在放大，撞击着空荡的胸腔，而包裹着他的整个树笼也缓慢地发出了光。金羽觉得自己的身体消失不见了，世界停止在睁开眼睛的那一刻。

他确信自己睁开了眼睛，却看到了一整片黑暗，水流声很大，却不在水底，冥冥之中有人竖起一根手指，指尖闪过一条发光的短线。

一。

意识像是在漂流，在迁徙，如蒲苇一样随风、顺水，黏附在任何路过的生物上。这是一种真正的头脑空白的感觉，他忘记了自己是谁。

过了许久，他再次睁开了眼睛，仍是什么也看不清。

那人摇了摇头，再次竖起手指。短线再次亮起，很快灭了。

一。

晕倒前黑暗中仿佛有巨物吼叫着狂奔而来，但是没有任何痛感，在粗壮的尾槌落下之前，他已经死去。

他在沉睡中忘记了这件事，当他再次睁眼的时候，年轻、无知的生命力在身体里流转，倏忽衰亡老去。在这里，时间仿佛变成了利刃、变成了子弹，而他被高速涌来的时间击中，从生到死，一切都发生得很快。

不只是生命力在变化，他的身体也在随着环境摆动，好像被一道无形的风掌控着神思。

他正在原始森林的树顶，而呼吸厚重的巨型生物离他越来越近，它的头顶和身体两侧生着残破的长尖刺，尾巴末端挂着肉瘤般的尾槌，鼻孔后方的盐腺翕动着，呼吸着潮湿的空气。

一。

计时声仍然响起，他再次陷入了昏聩，茫茫然中又失去了自己。当他醒来时，仍然迷茫好奇，不断地思考着自己身处何方。

那人的手指快要变成平直的一刹那，天空中划过一道雪亮光芒，利刃一般撕开黑暗。

在遥远的天边，一棵树状的闪电贯通天地，在一阵盛大的银光后，地面的山峰被夷为平地。

这一切都是沉闷无声的，宛如神降，是闪电。

计数的人也偏转了脑袋去看天幕中的光华璀璨的盛景。

在很久的以后，在这个星球上，它获得了很多的名字：万物归一者、施瓦、纵目蚕丛……而其中有一群人将它命名为"释"，它总是睁着眼睛，没人见过它的眼皮如何合上，因为当它彻底收走视线时，被观测的对象已经湮没在了尘埃当中。

它的存在赋予万物规则，当它把视线投向某个角落的时候，所有可能坍缩成唯一的现实，当它看到花开，万物皆看到花开，花便开了。

但这是一个意外，它的余光仍然看着这边，却被闪电摄住了视线。它的眼睛在雷电下闪烁着绀青色的光。

和聂常乐有点儿像，他如是想到。

聂常乐是谁？这么一个声音在他的脑海中炸响。

树下的人疑惑地歪了歪头。

一个好看的姑娘？什么是好看？姑娘是什么？为什么又变成土豆了？

金羽晃悠着叶片大骂它偷窥自己隐私，食草恐龙距离他所在的位置越来越近，他已经见到生着倒刺的舌头卷住了身边的一丛树叶；但他身边没有武器，只有一堆和他一样表情呆滞的树叶，被雨点打得几乎折断。他张嘴大喊："快跑！要被吃了！"

冰冷的湖水涌进他的嘴里，但整个种群静止了一瞬间，余音袅袅，一个词在所有植物们的意识中振响。

"吃！"

雷鸣炸起，那人的眼睛脱离了闪电看回这里，他手指上的短线在一瞬间越生越多，它们排列整齐，密密麻麻，像一卷软尺，很快组成了一个半圆，旋即变成了满圆，多余的刻度仍然不停地绕转，盘绕着那人的上身，在背后形成金光的屏障，宛如佛陀背后的头光一般璀璨。

释抬手一招，刻度在它的指尖戛然而止。雷电劈中了它的肩膀，慢慢燃起了火，雨水从山坡上流淌下来，沾湿了它的鞋子，它站在水中，神情冷漠，点了点金羽的方向。

二。

便消失不见了。

这只是开始，一个种族开始认识世界，生命的韧性在这一刻被拉到了巅峰，由一生二，而生万物，它们越来越多，越来越强，一个名字在剩下的微小生物头脑中徘徊游荡，作为种族的珍宝被铭记、被赋予了自己。

蛊。

从进食开始，从一个黑暗的雨夜开始，在未来的时光中，一个个精妙卓绝的生命在蛊的脑海中酝酿，它的头颅便是万物化生的种芽。

　　紧接着，金羽的眼前便闪过花团锦簇，可也正在此时，画面变得模糊。变故突生，他所在的树笼骤然解体，在瞬间碎裂成了木屑，很快就融化在了冰冷的水中。他在湖中失去了依仗，并且根本不会凫水，只能在黑暗中拼命踢蹬，十方围绕着他疯狂地打转，却因为他的挣扎而不敢动作。冰冷的湖水汲取着他身上的热量，挤压着他的肺；更令人绝望的是，他的视线中上方始终一片漆黑，头顶没有丝毫光亮。痛苦和慌乱促使他尽一切可能游动，但实际上，他正慢慢滑向深渊。

　　这时，他感到有人拍了一下他的脑门，是聂常乐，她头发凌乱，嘴里含着刀，眼角眉梢都透露着杀气。金羽在糊涂中生出几分心安，刚想傻笑，下一秒，聂常乐一只手拤住他的下巴，另一只手狠狠地把十方塞进了他的嘴里。

二　十

　　湖水和新鲜空气同时涌入了金羽口中，他连忙调整呼吸，过了好一会儿才终于找回了神志。聂常乐像鱼一样灵活，在冰冷的水流中牵着他不停地上浮。经过几番努力，两人终于出现在水面。金羽口鼻出血，五脏六腑都在跟他作对，趴在岸边呕了半天才把十方吐出来，它累得连嗡都不想嗡，在潮湿的地上滚了几滚，也趴下了。

　　金羽剧烈地咳嗽着，仰躺在地上。从形貌来看他们现在所在的地方正是实验室中心的"锁孔"，坑底距离地面近 20 米，由于飞船沉降的作用，坑壁近乎与坑底垂直，并且被水冲刷得十分平滑，其上没有任何化生藤存在的痕迹，呈现出墨玉一般光滑闪亮的质感。他们所在处也并不是这坑洞真正的尽头，因为"锁孔"正中央又有下陷的洞窟，四下的水流纷纷向中心汇聚，成为一片深不见底的湖泊，那里完全是黑暗的去处。这些天坑层层嵌套，宛如一根钢针，逐渐地缩小，刺入地心。

　　聂常乐好像有用不完的力量似的，安顿好金羽便再下水，不一会儿就从水底捞上来一个人。那人上来以后便捂着脸想要跑，最后还是被聂常乐绑了起来。当看到聂常乐面孔的一刹那，他便不挣扎了，反而叫出了她的名字："常乐，常乐，是我！我是吴恼啊，吴叔叔！"

聂常乐用手电照着他的脸仔细端详了一会儿。吴恼一缩脑袋："你看得见了？"

"你在这里干什么？为什么要打碎树笼？"

"我是吴恼。昼夜出现变化后，我和其他同学回国协助聂教授调查蛊种族。天黑之后，我就和大家一起被困在这里。常乐，我们见过面的，我还给过你糖，都不记得了吗？我之前躲在实验室里，刚才一路跟着藤蔓过来，以为你们有危险才出手的。"

他急匆匆地抹去脸上的泥浆，好像要验明正身似的，连声音也带上一丝哽咽："乐乐，以前顾双陆在周末的时候会带你来找聂教授，你见过我的。"

聂常乐一点儿也不动容，她的脸经过冰冷的水汽一浸，显得更加阴森了："你应该和我们一起离开，为什么会回到这里？"

"当时，我和你们走散了，树林里地貌变化又大，我转了好几天，实在是找不到路，好不容易才走回来。这儿只有我一个人……真没想到还有相见的一天。"

他的袖口和裤脚都用扎带绑着，只能用领子把手上、脸上的泥浆和树汁都擦净了，露出一张憔悴而惶恐的脸，眼睛大而无神，眼袋极深极重，这才有了点儿人气："这几年，我真以为自己就要死在这里了。你不信我，没关系，但你们能不能让我远远地跟着你们出去？我只是个助理研究员，我进生命锁钥的时候才25岁，我不想在这里一个人孤单地过完下半生。我根本不知道什么大秘密，只要能出去就行，我想活着出去……"

金羽把聂常乐叫到一旁，把刚才在水下的所见告诉她，小声问："你俩真认识？"

她点点头："声音熟悉。"

"没有什么可疑的地方？你们很久没见过面了吧？"

聂常乐嚼着化生藤嫩叶，迟疑地摇摇头，金羽把水递给她："先想办法出去，干净水就这么多了，省着点儿喝。"

聂常乐摆了摆手，还在跟胃里翻上来的那股苦味作斗争，开始找上去的路。

确认了关系后，金羽也递给吴恼一瓶水，继续问他："那天，地堡到底出了什么事？小凤凰为什么没有如约抵达？您年长，应该记得更清楚些。"

吴恼感激涕零地接过水瓶，小口小口地喝，每一口水都要在嘴里含很久，好像品味着陈年佳酿，喝了几口，才说道："天黑时，化生藤首先从地堡二层的西北角绞断了云谣的通信台，造成上下层级之间信息断层，五层以下所有人被屠杀 8 分钟后，云谣才收到消息进行反击。它在打开紧急防护的同时调用了大量军队疏通人员、保持出口畅通。两方从午夜僵持到凌晨 5 点，化生藤始终不退，所以云谣采用了预备计划，从即将进入地堡、具有相当素质的人驾驶小凤凰轰炸生命锁钥，但这些人前几周才阅读了小凤凰的初级驾驶手册，实际训练时间短，加之不熟悉树林的习性和聚落，在途中就被击落许多了。外面的航迹云，你们都看到了吧？没一个是降在实验室周围的。"

聂常乐问金羽："他说得对吗？你对地堡还有印象吗？"

"有幸在投屏上看过，没进去过，地堡一层有中心柱，从中心柱划出一条轴对称线，两边是商铺、学校、商店、住宅，还有监狱和警局，主街之外还有若干小巷。地下二层确实是云谣的所在地，和我记忆中差不多。"

何止于此，在云谣放出的宣传视频中，夜晚的地堡灯火通明，中心柱会在晚间自动点亮穹顶，或星光涌动，或白月皎皎，在程序设计的纵深感衬托之下无比平静祥和，商铺张灯结彩，人们怀着劫后余生的庆幸和快乐，熟悉邻居，采买物品，预备开始新的生活。也就在几小时内，新生活就化成了灰。

"接下来，你打算怎么办？"

"把他带回日半球，找樊老师和云谣，琢磨琢磨你在底下看到的故事。我们也许离化生藤的起源已经很近了。"

他们说的这些话完全是背着吴恼的，金羽回头看时，他正在拧自己的衣服，好像对两人的猜疑浑不在意，一心只想出夜半球。

三人从实验室中出来以后，径直奔向边界。聂常乐好奇他叫了谁，却见金羽跟十方嘀嘀咕咕，轻车熟路地找到了出口。

缺口外面，陆象正拿着锯条在地上乱画着玩，他这段时间正抽条，个子高了，胳膊上也冒出几小块土豆似的肌肉，一副天不怕地不怕的混样，见了二人就问："胆子真大！这树林都敢钻，佩服！"

金羽把他扛到肩膀上就跑："谢了，小伙子！走，上你家去。"

"神经病啊，给我放下！"

吴恼紧跟着钻出了树林，他摸着自己的脸、自己的手臂，体会着光线照在身上的热度。他的头几乎再没低下过，走几步就要抬头找找，好像怕一错目，那天上的太阳就丢了。他甚至拒绝坐摩托，只是慢悠悠地走着、跑着，甚至跳起舞来，一不小心从沙丘上滚下去，身上头发上全是沙子，泪水把脸冲得脏兮兮一片，竟然还在傻笑。

陆象本就晒了有一会儿了，现在热得浑身冒汗，嫌吴恼拖慢了时间，问金羽这傻子是谁，直到金羽同意让他开会儿摩托才"多云转晴"。最后变成他开着车疯玩，而后面三个人埋头走路。

吴恼的那股兴奋劲儿始终过不去，声音里增添了许多的雀跃："其他人呢？咱们的大部队在哪儿？"

"我也和他们走散了。"

吴恼听到这话，害怕打击了聂常乐的自信，鼓励道："没关系！他们都有一技之长，能找到的。我们现在去哪儿？"

金羽手搭在他肩上，把他拉到自己身边："回家，回我家。你没见过我吧？我也没见你，但是缘分就是这么奇妙，哈哈，我们就是这么遇见了……"

吴恼在聂常乐那儿屡屡碰壁，见金羽肯搭理自己，以为终于获得了认可，更加激动，开始一个个介绍他认识的人。聂常乐落在后面静静地听着，把他的话和记忆中的人一一对上。

他们回去的路经过老人的算命摊，吴恼表现出了浓厚的兴趣，一定要算完再走。老人一看见金羽，就拽着陆象往墙后躲。

金羽笑道："老人家，别害怕我，您上次在我头上敲的包还没消下去呢。给口水喝呗。"

老人嘴里发出呿呿的驱赶，最后却还是让几人进了家徒四壁的"屋"，三人面前只摆了一小盘水，用的还是上次算命的盘子："就这么多了，喝完了快走。"

只有吴恼喝了，他喝水时双手捧起盘子，眼睛死死盯住盘沿，像是捧着自己的命一样珍惜，让金羽有一瞬间的恍惚，想到聂常乐啃土豆的样子。

他喝了水也不愿马上离开，反而摩挲着老人做好的陶盘，赞叹着手工精致。

"我以前调研时听说过神鸦的故事。"吴恼一脸感慨，"信仰神鸦的人认为，神鸦是人的怙主，仙人是天神的使臣；北方牧区是野牛的产地，居民们住在她的中心。拉宗传递天神的旨意，通晓八方和空中，神奇的方法有三种。施食投给鬼神，似大军遍布各地；对神灵致以顶礼，鸦鸣之兆就会显示。吉凶就因果而言，仙人与拉宗无异。神灵显友善，会不断传来真理。神鸽是上天之鸟，鸟类有六翅，飞到天界高处，卜能洞察一切，传来天神的教诲，不解之事不会存在。四面八方和空中，隆隆声悠扬如意，笃笃声不高不低，喳喳声不紊不乱，嚎叫声交谷深沉，鸦鸣声在空中回荡。"

吴恼喝干了盘底的水，指着盘子上的神鸦图案细细说来："神鸦是通天先知的神鸟，宇宙空间有八方，即东、东南、南、西南、西、西北，北、东北，加虚空为九宫。祆鸦在不同的时间、方位发出不同的声音，将预示着某种事情的发生与吉凶祸福的降临。占卜的人将会聆听神鸦的声音，告诉人们去如何镶祀应对。"

老人离土离根几十年，从未听到有人再跟她说这些熟悉的话，话匣子也打开了，断断续续地讲着天黑之前的生活。原来，她是阳关人，本来是和儿女约好了在地堡团聚，结果天黑出事，在沙地上讨生活又遇上传染病暴发，儿女纷纷去世，现在只剩她一个人，幸好现在还有陆象陪着。

她说着说着掩面哭起来。聂常乐和金羽面面相觑，没人教过他们要怎么劝慰这样的悲伤，只能任由她哭。吴恼却给两位年轻人投去了不懂事的怨念眼神，叹了口气："阳关，我记得是在库木塔格沙漠的边缘。库木塔格沙漠在我国八大沙漠中流动性排名第一，每年不断向东南方向扩展，直逼国家历史文化名城——敦煌。阳关地处库木塔格沙漠东边，曾拥有近2万亩三北防护林带，是敦煌第一道也是最后一道防沙阻沙的绿色屏障；但是后来……我记得发生了一桩大案子，几百米的杨树林叫人砍了种葡萄，葡萄需水量大。又需要不断松土、除草，固沙能力差，我和我的老师负责对生态影响进行评估，简直触目惊心，是对原生环境的毁灭，是植物的灭顶之灾啊。"

老人叹了口气："从那以后，城里的风沙越来越大。刚好，我儿子在沿海的地方开了家小公司，就把我接去一起住，可是远离家乡那么多年，没想到最后保命的还是在家里学的制陶手艺。"

老人叫陆象取来纸笔，在纸上急急写着画着："吴老师，你这么有文化，求你以后让这个孩子跟你学东西，我自己除了烧点儿陶，会的不多，挣得也少，养着孩子，既心疼他，又怕耽误了他。"

陆象在边上听了心里难受，就出去收拾陶罐，刚拐过墙角一抬头，才发现吴恼正站在他面前。

陆象吓了一跳："你不是在屋里吗？怎么出来了？"

　　这时的吴恼又与屋里谈笑时不同了，他再没了为学者的木讷和清高，反而亲切地把陆象拉到身边，笑着把一样东西放在他手心。

　　这东西与陆象平时见到的任何植物都不相同，青碧色的肥厚叶瓣上有着密集的金纹，虽是叶，却重重叠叠地裹成花苞形，看起来水灵而可爱，非常喜人。

　　他疑惑地接过："这是什么？"

　　"化生藤的嫩叶。"

二十一

陆象一听到化生藤三个字，立刻警觉地收回了手。叶子掉在沙地上，烫得蜷缩了一下，外层立刻变成了枯黄色。

"这个我不能要，太危险了。"

"化生藤的叶子是可以用来和云谣换水的，随便你怎么处置吧，这东西离了主干活不长。我只是想帮帮你，你们生活得太苦。"

吴恼伸出手，看样子是想拍他的脑袋，陆象头一歪，他落了个空。陆象狐疑地看着眼前这个怪人，从这一刻开始长大了，知道别人的善行不一定是出于好意。他从金羽家跑出来的时候张皇失措，有人给他吃的喝的，便心怀感激地接着，结果差点儿被扒皮吃肉。要不是路过的老人看见那人行为鬼祟，大声呵斥，引来了营地里其他人救下他，他现在不知道在阎罗殿哪个拐角蹲着数蚂蚁。陆象觉得吴恼的眼神把他看得渺小又没脊骨，好像是个半点儿生存能力都没有的废人。吴恼却以为他低着头是害羞，又笑着逗他讲话，结果陆象始终抿着嘴一语不发，他便走了。

陆象在墙边向里看看，不知他怎么走得这样快，竟然又回到桌边讲道去了。陆象看看在沙地上痛苦不堪地翻卷着的叶子，心里还是挺恨的，看着四下无人，把叶子用碎瓦片舀起来扔进了熊熊燃烧的柴草堆里，热浪扑面而来，他心里好受多了。火里卧着一只只精致的小圆罐子，是一老一小这两天下狠心认真做的，一定能卖个好价钱。这样踏踏实实的，才是未来。

金羽和聂常乐都被吴恼的喋喋不休震住了。金羽偷偷问聂常乐，他是不是从前也这话痨。聂常乐轻轻摇头，表示记不清了。

三人喝了水便告别了这一家，又赶了许多的路才来到画着红十字的小院。樊香音不在，八成是上户去了。在踏进院门的那一刻，聂常乐回头看了看吴恼的脸。他神色如常，没有任何变化，甚至整了整衣领，捋直了拧巴的袖管："不是回家吗，怎么到这儿了？"

他好奇地到处乱转，蹲在地上对樊香音种的沙地菜园子啧啧称赞。

"哎哟，我的腿。"金羽一歪就倒在了吴恼身上。吴恼接住他，却被压得直不起身："这怎么回事？刚才不还是好的，腿上有旧疾？医生呢，换药的人去哪儿了？"

聂常乐找了几个凳子招呼坐下："看来医生出门去了，得在这等一会儿。"

吴恼一手拍着金羽的脑袋瓜安慰他，一手抠着板凳边，整个人看起来只是略带紧张："要不，我们走吧。这么不打招呼进别人诊所不太好。一会儿来人了，怎么说呀。"

"吴老师，别客气，坐下坐下。"金羽把他按在椅子上，"我这个腿啊，真是有年头了，伤员找医生，有什么好嚼舌头的？坐会儿，我真是太疼了。"

他四仰八叉地坐在椅子上，假装用手给自己扇着风，实则也在斜着眼观察吴恼。他看起来不像化生藤那样对这间房子充满抵触，神色平静，说话也正常。

"我去楼上找找通信器叫医生回来吧。"聂常乐再次按住了要站起来的吴恼，"吴老师，你坐着，这种事交给我。"

"好好。"

金羽见聂常乐上楼，便放心大胆地开始装病，从腿痛到头痛扯了个遍，最后眼珠子一转，打算套点儿消息："吴老师，你和常乐这么熟，知不知道她的什么朋友？"

吴恼的神情一瞬间变得很不自在："朋友……也不算朋友，就是年龄差不多在一起玩的……"

"我就想问这个。"

吴恼沉思了一会儿，抬头向二楼看看，确认聂常乐还没下来，捂着嘴道："既然你们现在搁一块了，我也不瞒你，乐乐之前有一个玩得好的朋友，是路上偶遇的逃难家庭带着的女孩子。具体的情况，我不太知道，但是这个女孩子最后把乐乐的眼睛弄瞎了。"

金羽瞬间从椅子上站了起来。

聂常乐三步作两步进了樊胜音的屋子，人高马大的管家机器人似有不满，张了张嘴："这不……"

"嘘，下次再说礼貌不礼貌，我找人有事。"

另一个小机器人押着画布，樊胜音正举着笔刷挥毫泼墨，他疑惑地回头："常乐？怎么不声不响地过来，事办完了？"

"还算顺利，不过我在实验室遇到了一个叫吴恼的人。"

"吴恼？"樊胜音皱眉想了一会儿，"有点儿印象，是个瘦长脸吧？他在屋里？"

"在楼下。"

"推我去看看。"

机器人打断："不方便。"

"那让他上来总行了吧。"

机器人点头，聂常乐下了楼。吴恼看起来已经被金羽缠问得烦不胜烦，正在屋里到处打转，看到聂常乐就像得了救命稻草："乐乐！找到电话了吗？医生快回来了吧？"

聂常乐没答，重新起了个话头："吴老师，电话直冒烟是怎么回事啊？你帮我看看吧。"

"好好，我来看看。"

两人走上楼梯，金羽则关上了大门。

吴恼到了楼梯口，一时间不知道往哪儿走，问道："哪个屋是电话啊？"

"这边。"

吴恼却不走了："不对啊？这屋里好像有人呢。"

聂常乐笑着紧了紧外套，十方在她的口袋里小声嗡鸣，处于高度警惕的状态。

"乐乐，我们真是很久没见面了。"吴恼的手指摩挲着门把手，"聂教授要是知道你现在出落得这样聪明，想必会很开心吧。"

他的手探进口袋，小心翼翼地取出一朵白色的花，正是刚才他趁人不注意在院子里摘的。他的脸也在这一瞬间起了变化，双眼眯成一道线，仿佛笑了一般，弯成不可思议的弧度。这是一个邪恶而诡异的笑，眼角几乎与嘴角相连，面颊彻底被挤脱、滑落："终于找到了。"

樊胜音透过门缝看到了，大叫"小心"。而聂常乐的刀又稳又快，吴恼只是举起右臂放在额前挡了一下，便从腰部以下被撕成了两段。不，那处本来就有一道旧伤，几乎横亘他整个腰部，现在只是在那已经腐坏的伤处上添了新的印痕，伤口却不再流血了。他的神情在受伤的那一刻又变了，茫然无措地跌坐在地板上，一层透明的血肉从他身上剥离开，他的身高、五官仿佛一下坍缩到了极限，只剩下一个瘦长的血红色人形，渐渐地，伤口开始渗出了血，不是鲜红的，而是黑色的、黏稠的、腐坏的血液，透过本不结实的楼板，血滴落在一楼。金羽立刻往上冲。

地上的人已经看不出面容了，但却还保持着活动时的状态，右手甚至还搭在门上。他向屋里探头看着，视线触到了白发苍苍的樊胜音："老樊？我出来了！你怎么这么大年纪了？"

樊胜音的手握成拳，狠狠地掰着轮椅的扶手，他点点头："出来了。"

"我是怎么出来的？我都不记得了。"

他好像还没有发现自己身体的异常，张大嘴巴用力地呼吸。他的喉咙像是涨破的水管，已经膨胀得不像人类，破裂处越来越多，裂口喷涌出更多的腐血。

"乐乐？你也在，你都这么大了。"他的声音越来越模糊，一只眼球滚落下来，那只独眼眯了眯，释放出称之为慈爱的信号，"你小时候，我还见过你。你每个周末都来，拉着聂老师的手跑来跑去的。"

他似乎想在衣袋里找点儿东西送给她，却低头看到了自己的破碎的身体，了然地笑笑："我说你们怎么这样看着我，原来是我中了计了。"

屋子里变得安静下来，金羽上楼时看到的就是这样一幕：地板上躺着一具瘦小的尸体，聂常乐正拎着刀站起来，她的神态十分平静，和金羽擦肩而过，下楼去了。

金羽不可置信地叫住她，想问点儿什么，却觉得无法开口。

聂常乐在楼下收拾着东西："化生藤没办法入侵死人的身体，但濒死之际，人体的生物电是最混乱无序的，容易被化生藤附体。附体后，人会失去自我意识，变成人形的傀儡，而我们眼前这一个傀儡是被新生的化生藤中最强的一只操控着的。从上次我们在这里躲避攻击之后，它一直在想方设法突破云谣对这间屋子的庇佑。现在，它做到了。"

"它已经知道种芽在你手里了，对吗？"

聂常乐点点头。

"下一步，你打算怎么做？"金羽苦笑道，"我们还来得及在死之前准备点儿什么吗？"

正说话间，樊香音抱着医药箱慌慌张张地进了院门，边跑边喊："快躲好！关门窗！化生藤来了！"

金羽忙问具体的情况，他说："我给病人卸了石膏往回走，路过驿站，云谣在播报，这次化生藤活动从西部营地开始，异常剧烈，接连摧毁了

30 多个通信桩，现在营地间的信号全部断了。云谣让我们尽快告知家人，躲在家里准备武器，时刻保持警惕。"

金羽顿感不妙："具体是哪儿？"

"好像是西部营地的一个棚屋，离日落之地不远的一个地方。"

聂常乐拿着刀就要出门。

金羽气得立刻抓住了她："你给我站住！"

"不应该从那里开始的。"

金羽看到她的手在抖："你冷静点儿！我去找陆象，你陪着他们。"

金羽这一趟足足走了五个小时，聂常乐无数次想要溜出门，都被大樊、小樊按住了。这次的袭击非常安静，正是因为安静，所以不平凡。阳光依然照在沙丘上，越来越热，所有的机器、电子设备如沉睡一般不再有任何声响，广播频道一片空白。

屋里的温度逐渐升高，聂常乐和樊胜音说出了自己对蛊起源的想法，等待他联系云谣寻找线索；此时，却只能在楼下踱步，心就像放在火堆上烧灼。

过了许久，樊胜音终于叫她上去。他靠在轮椅上，只穿着一件短罩衫，精神看起来好多了。机器管家已经在长久的交流后低电休眠了。

樊胜音的膝上堆满了稿纸，布满了凌乱的写画和勾勒，有些是游记、神话、传记，涉及天文、生物等多个领域，可能是还差些工作没完成，聂常乐进门后，他依然埋头书写着。她捡起其中一张，上面讲的是敦煌风物。

樊胜音开口了："对于三维生物而言，所占有的时间长短几乎可以决定一切。蛊确实是一种植物，但它们的自然寿命非常短暂，受到天灾的威胁程度比其他物种更深刻。地球表面摆长约 1 米的单摆，一次摆动或是半周期的时间大约是人类的 1 秒；但是蛊以个体从生到死的一个时间跨度为基础单位，蛊的发展是以生命承载的分秒奇迹。它们通过一次'捕捉'并获得了释这个更高种族，它们领会到了'深层精神'。蛊的个体在生命消逝以后，它的一切记忆和知识都会汇聚入深层精神中，由此一来，它们的生命得到了无限的延长，而且能够随时追溯远古时期的图景，这种技能伴随着蛊的在时空研究中的卓绝成果，也许不仅仅是记忆的闪回，它们或许可以真正回到那个时代……"

聂常乐说道："所以，金羽才会在生命锁钥看到甚至真正参与了蛊的诞生。它们的生物形式与电流密切相关，因为闪电就是它们获得生命的契机，是它们的图腾！可它们为什么要离开自己的原生地？为什么又要来到地球？"

"这正是你母亲所好奇的，她曾经翻遍了典籍，去寻找这段生物生存、迁徙、归来、湮灭的历史遗痕，后来在古老的洞窟当中找到了。只是云谣带着这个答案刚抵达地堡，就受到了攻击，遗落了这段信息。这是一段非常、非常重要的信息。"

"它们在哪儿？"

"敦煌，藏经洞。"

突然间，一股极大的力量袭击了这间房子。聂常乐直接撞开了用木板封死的侧窗，掉下了一楼。迷茫中有一双手拉住了她的靴子，哪怕只是一瞬间，也大大缓解了落下的势头。她一拧身，掉进了沙堆里。

当聂常乐掉进沙堆的那一刻，二楼瞬间崩解，木板、砖瓦、石块、混凝土……毫不留情地砸下来。震动仍在持续，聂常乐根本站不起身，只是狼狈地躲闪着，剧痛让她清醒起来。她跟跟跄跄地去废墟里找人。一楼的橱柜、药品、器材碎得一塌糊涂，看不到樊胜音，只有樊香音晕倒在一地尖锐的碎屑中，脸上鲜血淋漓。聂常乐扛着他向外走，还没走出几步，新的震颤开始了。不知跌倒了多少回，两人才到了院外。聂常乐努力保持清醒，进去找樊胜音。

疼痛还在继续，高空响起呜呜的悲鸣，没有风，是空气在震动，是土地在哀嚎，营地所有人都听到了，他们被不知名的力量打倒在地，被震晕，被震死，口鼻出血，神志模糊。

十方从布袋中爬出，摇摇晃晃地飞上高空，它看到了金羽正在赶回来的路上，兴奋地碰了碰聂常乐的脸，但她根本没有感觉到。聂常乐回到了废墟中，麻木地翻着楼板和石块，一切感官好像都隔着厚厚的水幕，听不清，看不清，五脏六腑全部变成了自我攻击的武器，争先恐后地要从人体中逃离或者自毁。她几乎找一会儿就要倒下干呕一阵儿，然后站起来继续找，冷汗涔涔，手脚麻木。

刺耳的警笛声从北方响起，紧接西方、南方营地渐次燃起了大火，人们拖家带口，向北方营地逃来。

不，不是火，是绚烂的红霞席卷而来，烈焰的红之后是邪佞的黑，片片重云的后方便是万顷荫翳，带着其中诡谲、凶恶、寒冷彻骨的生物以不可逆转之势压覆过来。

天黑了！

与生俱来的恐惧席卷了每一个人，哭声和尖叫由远而近，有人加入了她，一起在废墟里搜寻，是金羽。他的状况也并不好，口鼻流血，眼球通红："日界线移动！这里马上要天黑了！"

云谣在短暂的时间内连通了营地信号："诸位请注意，化生藤活动异常剧烈，星球自转正在恢复，北方营地将于 5 小时后彻底进入黑暗，请人员迅速向驿站转移。"

两人顺着声音找到了管家机器人，它耗尽了电量在楼板坍塌时张戒拱形保护了樊胜音，已经完全损坏了。所幸樊胜音并没有大的损伤，嘱咐了几句话后就陷入了昏睡。樊香音此时也醒过来，在院子里照顾着老人。

金羽讲起了他在其他营地的遭遇："的确是从那个占卜的老人处开始扩散。吴恼在把我们拖在屋里说话的间隙，化生成一模一样的人，把自己的新芽交给了陆象，假意让他去换water。陆象把芽扔进了烧陶的火堆里，结果它藏在了陶器当中躲过一劫。烧完后，他们提着罐子去卖，在路上爆发开了。西边死了很多人。云谣在西边的通信桩全毁了。"

金羽看了看自己的手，虎口处还有一小片干涸的血迹。

陆象的腹部完全被化生藤贯穿了，绿色的枝芽混合着血液从肝脏长出来，怎么也拔不净。他呆呆地看着阳光刺眼的天空，说着对不起父亲，拖累他变成恶人，也对不起奶奶，不应该那么粗心。

金羽告诉他，这都是孩子小时候经常会犯的错误，长大就好了，自己就是这么不小心地烧成丑八怪的。

金羽抱着这具尚未成年的小尸体跪在广袤戈壁上茫然四顾，天色渐黑，他便燃起了一堆火，这火堆烧了很久。他把陆象为数不多的家当都烧了，一身带血的衣服、一个充作扁担的烧火棍。

火势起初是很大的，火焰膨起一人多高，熊熊冒着黑烟，后来越烧越小，越烧越小，好像火中的精魄颓靡了，散失在了空气中。它们曾经无比团结具象地构成了一个男孩的一生，也许这一堆灰烬中包含着所谓的灵魂，但大概率也只是肉体的灰烬，一切从天地中来，受了十几年的苦又回到了天地当中，生命是一个巧合，不知道下一次这个名为陆象的巧合发生在何时何地，怎样的时空。

咔。

小小的圆罐扣上了，严丝合缝。

金羽的记忆也随之断结，他累得睡着了，但手里还举着樊胜音的输液瓶。

而聂常乐却始终不能入睡，她望着天边，那一抹红霞下面是正在没入黑暗的人类的居所，他们扶老携幼地从沙丘上逃走，死去了多少人，活下来的人会有多么疲惫绝望。

这一切都该有个结束了，最后的答案，只在敦煌。

二十二

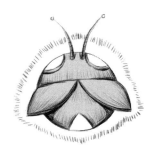

供电没有恢复，聂常乐心中的不安在放大，吴恼知道种芽的消息后势必会倾巢出动，而她只有几小时的时间在敦煌发现答案，如果失败，后果不敢想象。

她打算一个人去敦煌，但金羽执意要同往。饶是这样，二人之间几乎没有什么话，聂常乐从樊胜音的笔记中找到了的敦煌的位置，二人带着十方和 V0 便上路了。

15 年始终如一的天空慢慢地起了变化，像是一瓶温柔的好酒，经过时间的洗礼发酵成了粉紫色，一点点儿洒在观者的脸颊上，使人欲醉、欲睡，但在更远处已经酿成了深黑的剧毒，浸染着洁净的沙丘，腥气和潮气随风送来，它们越来越近了。

两人花费了一些时间寻找藏经洞的准确位置，敦煌的位置虽没变，但失去了鸣沙山和月牙泉的参照，便根本寻不到一丝线索。找了一会儿，聂常乐在沙丘脚下发现了一小片长着枯草的沙地。金羽仔细看了看，确定是根系极长的变异梭梭，又起身观察几簇梭梭生长的位置，在心里大致勾了个样，确定这几株荒草下就是泉水的所在。

他们定点、挖沙、排沙、筑墙，幸而有十方帮忙，它张开黑色的薄膜覆在地上便能挖出巨大的空洞，大大增加了两人工作的速度，不到一会儿，便触及了洞窟的顶层，终于挖掘出第一个洞窟，竖起钢板撑着本就脆弱的洞壁，沙粒不断地从金属的缝隙当中渗漏出来，摇摇欲坠。十方在洞口兴奋地"嗡嗡"作响，聂常乐和金羽进入其中，洞中积沙严重，两人在狭小的洞中不停吹风排沙，才勉强能看到墙上的壁画，画中的缺损并不少，又有许多风化脱落、烟熏火燎、手划刀刻的遗痕，在古时鸣沙山、月牙泉、三危山、渥洼池的簇拥下，在风沙掩埋下，十万佛洲次第展开。

第一个洞窟是覆斗形窟，分为前、后室，主室平面略呈正方形，西壁正中开大龛，塑倚坐佛，两侧各开一小龛，塑禅定比丘。龛间主要绘有阿修罗王头顶须弥山立于大海之中的场景。在其左右两侧，对称画着风神、雷公、雨师、电神、火神。其中，风神兽面人身，作疾速奔跑状，双手各执风巾一端，风巾被画成一条流畅的圆弧形，用以表示风势强劲。

小禅室里画着飞天，裸上身，披长巾，服饰繁缛秀丽，但轻盈、奔放，毫无厚重之感，反而秀骨清像、褒衣博带。除此之外，四披壁画还描绘了报恩经变中的"树下弹筝"、弥勒经变中的"婚嫁图"、楞伽经变中的"屠户"等市井场景，既体现了华戎交汇的特色，又融汇了佛教、祆教、印度教、道教的艺术内容，同时有道家题材以及畏兽和祥瑞动物的形象，深受魏晋时期"佛中有道，道中有佛"包容并蓄观念的影响。

V0马上将壁画扫描下来，但聂常乐却知这并不是她要找的。

两人继续寻觅，第一层洞窟壁画的左侧讲的是"尸毗王割肉贸鸽"，由连贯的数个画面组成，首先映入眼帘的是老鹰扑击鸽子，紧接着，一人正在称量鸽子和国王的重量，大称的一端是瑟缩的鸽子，一端是双手合十而坐的国王，国王的女眷抱膝哭泣，左上角观察下界的天人眷属面容祥和，不停赞叹。讲的是尸毗王用自己的等量肉身换取鸽子的生命，赞扬的是佛陀施身的仁爱。

第二层洞窟壁画更为连贯震撼，是一幅"月光王施头"，讲的是佛陀成道前为月光王时，因乐善好施而遭到另一名国王毗摩斯那嫉妒，后者遂唆使婆罗门牢度叉向月光王索取其首，月光王慨然施头。图画上，一人手持长剑向月光王砍来，月光王则屈身低头，双手伸出，似要接住即将被砍落的头颅。同样以血腥的话术讲着佛陀慈悲。

第三层的壁画截然一变，画面以一名深肤色、披挂着粗帛的人物为中心，他在画上出现了三次，分别为跪在地上并双手托起，持剑欲砍杀佛陀，跪在佛前礼拜。他的上方站着三名女子，中间是一位带有头光的贵妇，两侧是她的侍女，头饰璎珞、花鬘，恰似正在谈论眼前的景象。这又是一个本生故事。根据经卷记载，披挂着粗帛的人是波斯匿国辅相的儿子无恼，他被父亲送至一婆罗门处学法，婆罗门教唆他，7 日内杀1000 人，取每人一指穿成指鬘，死后就能升入天堂。于是他心智昏迷，在舍卫城中逢人便杀，掀起一片腥风血雨。7 天快到了，无恼已杀害了999 人，尚缺一人。他的母亲前来送饭，他也起了杀心挥剑冲去。此时，佛化作比丘来到路旁，无恼转而杀向佛陀；但无论他跑得多快，都无法靠近佛陀。无恼最终被佛度化，放下屠刀作了沙门。

V0 催促着赶向下一层，聂常乐却无法把视线从画上移开，鸽翅带起的腥风扑面而来，月光王头颅落地的声音还在耳畔震响，持剑者凶性毕露的面庞不断放大……无尽的悲哀淹没了她，把她微不足道的魂魄冲散了，飘远了。

从最顶层向下一连看了三层，外面的钢板发出扭曲的声音。V0 急得头上直冒烟，大叫着："快跑，快跑！"那缕焦煳的烟向着墙壁飘去，聂常乐循着烟迹一步跨入墙壁的缝隙，她的声音在壁画后响起："找到了。"

在地球的远古时期，蛊还没有觉醒自己的意识，它们的生命短暂而卑微，是一种即生即死的植物，但在一次电闪雷鸣的黑夜，蛊却获得了天神的帮助，它的名字为"释"。这位天神古怪而善良，双手一挥就有通天的术法。它提出蛊可以通过它获得绵延的生命和无与伦比的能力，于是蛊依言占有了这个高维生物。这是释的第一次施身，将自身的强善布施给了蛊，野蛮中便生出了文明和智慧。

蛊逐渐成为整个星球的占有者，它们越走越远，扩土开疆，甚至走出了家园，探索宇宙，壁画中间部分是大段大段的空白，青金石涂抹的墙壁上一丝画迹也无，只是澄澈而深邃的蓝、一望无际的蓝，蓝色的颜料当中掺杂着杂质，烁烁放光，宛如星河璀璨，而在深蓝旅行的尽头。

但是在旅行中，它们对世界知道得越多，也就越惶恐，时间是有尽头的，生命是有止境的，这是世界天然具有的屏障，哪怕是释也逃不脱这边界的束缚。而在知晓一切后，不知是何缘故，蛊的女王决定如月光王一般施头。据说，这种方法将换回族群的新生，于是它将自己的头颅，也就是种芽交给了人类，但一切都失控了，失去种芽的蛊在黑暗中大开杀戒，化生出了可为己愿屠上千城的吴恼，而故事的最后……

"它变成了菩萨手中的一朵莲花。"

壁画上，主尊炽盛光佛结跏趺坐于牛车莲花座上，车上饰有宝伞、华盖、旌旗。一只柔软的手于枝条的尽头拈起盛放的七彩卷瓣轮形莲花，于无尽的墙壁之上开出了万朵莲花，以金丝银缕勾勒线条，朱砂为红，青金为蓝，云母为白，接天连叶地将要从壁画上荡漾着涌入洞窟。

支撑的钢筋一次断裂了两根，沙子瞬间涌入了洞中。聂常乐倒在地上，这才抬头看到洞顶，上头是一幅团凤四龙藻井，绿底金凤，凤凰展开双翅，作飞翔状，凤尾特长，接翅膀盘卷为圆形，有旋转之势，凤头朝向侧壁团花中的化生藤花苞，展翅欲衔。

像砂砾这样渺小细微的物件，积少成多也能成灭顶之势，最后几根钢筋轰然断裂，钢板彻底弯折。十方张开了巨口把两人送回地面，洞口瞬间被填平，再无踪影。聂常乐顺着线把V0也从沙子里拽了出来，后者还在骂骂咧咧的："狡猾的大坏蛋，明明答应我马上出来的，我排风口进沙子了。"

"发现什么了？"

聂常乐躺在沙地上，一只胳膊遮住了眼睛："它变成了菩萨手中的一朵莲花。"

金羽听得皱了眉毛："变成莲花？怎么变？"

聂常乐在沙地上画出了示意图："在凤凰的接引下，狂暴的植物最终开出了花，而花朵回到了菩萨手中，一切灾难便结束了。小凤凰与化生藤开花有关，货仓里恐怕装的并不是落叶剂，而是帮助女王施头、促使化生藤能够顺利开花凋落的植物生长激素。"

两人还没来得及琢磨出画中的深意，十方突然飞了起来，它剧烈地扇动着翅膀，在两人周围盘旋，发出巨大的嗡鸣。天色越来越暗，狂风大作，吹着构造奇特的沙山，发出管弦鼓乐的鸣声。

聂常乐嗅到了空气中的血腥味，握紧手中的长刀，她撞了撞金羽的肩："化生藤来了。"

金羽以为她害怕，回头一看，发现聂常乐的眼睛在将黑的穹顶下如冰雪一样透亮，泛着微微的蓝色。两人贴得太近，金羽连她面庞上的细小汗毛全部炸起也看得清楚，可他们从对方的眼中看不到害怕，只是一个决绝，一个更加决绝。

化生藤的枝条犹如灵蛇扑向二人，掺着毒，闪着刺，带着电，毫不留情地抽打在两人身上。渐渐地，弹药耗尽，刀锋卷刃，握着武器的手也僵硬乏力，但是两个人心里都出奇的平静，平静得甚至没有恐惧。这是两个相当渺小的人与一整个族群的战斗，在赤裸的沙丘上，他们既无同伴照应，也无精密的器械，这不是两个人，而是两只被猎手包围的困兽。

沙丘上越来越暗了。金羽伤得更严重些，右臂断了，腹部有一道长长的伤口。聂常乐挡在他面前，她的身体随着释力量的发挥越来越强，蛊也就越是激动地纠缠上来，她不觉得痛，也并不特别累，但是也渐渐觉得乏味，挥刀的动作迟滞起来。

"聂常乐，别放弃。"

聂常乐奇怪地回头看他一眼，总觉得这句话非常耳熟，她用力砍断了一根粗壮的主枝。

"你累了吗？"

主枝条断裂后，其他的藤条补上来大概还有一两秒，聂常乐竟然就这么大大咧咧地回过头看他。这一幕落在金羽眼里，饶是他再难过也忍不住笑了笑："你累了吗？那你回去吧。"

金羽捂着腹部叹着气："都走到这一步了，还怎么回啊？估计今天小命不能要了。"

聂常乐笑笑，背后树枝再次袭来，她也没有回应的打算了。金羽惊恐地推着她的胳膊："这时候煽什么情啊，赶紧的……"

"我说过，你想离开的话，随时都能回去。"

她抬手抓住了十方，把它往金羽怀里一塞："闭眼！"

金羽死死抓着聂常乐的手腕："你要干什么？"

"我要挨打了。"

金羽只看到了大致的口型，还没来得及辨清她说的是什么，聂常乐静静地丢掉了手中的刀，枝条卷着她拖上了高空。

一根最为坚韧的藤向她扑来，勒住了她的脖子。聂常乐感觉一阵窒息，她睁大眼睛。

二十三

"种芽。"它的声音复杂而空洞,从四面八方灌入耳膜,"还来。"

她第一次看清了这棵植物的长相,它和壁画上的植物长相十分相似,但最高处却是一个平整的断口,低于头颅的仅剩的侧枝生出了一张与吴恼类似的脸,是它在发出声音。不,不仅是吴恼一个人的声音,而是许多人共同发出的悲泣之声,仿佛从地狱吹来的冷气,拂过白骨森森、血池沸腾,裹挟着成千上万亡魂的悲怨,把人心吹得冰冷僵硬。两双一模一样的绀青色眼睛乍然对视,激起无尽的恐惧和战栗。

"还来。"

也许是聂常乐手无寸铁的样子让它满意,它继续说话:"你的眼睛让我觉得熟悉,大概是和你母亲相似的缘故。"

"我就是看着这样一双大眼睛,夺走了她的生命。"

枝条猛地袭向了她的双目,聂常乐下意识地闭上眼睛,但是预料中的疼痛没有发生,金羽给她的贴片向外炸开了,聂常乐的眼前划过一道火光,很快被树枝甩灭。

趁着这阵火光,聂常乐挣脱了锁喉的枝条,她不知道自己掉在了哪里，脚下的枝条如波浪般翻滚着，间有树枝狠狠抽打在她身上，她左躲右闪，独木难支。

在黑暗中，她听到了金羽的声音，在化生藤的狂吼攻击之际，那一声呼喊微弱而缥缈，但是穿透了层层血腥的藤蔓，准确送入她耳中。

"这儿！跳！"

聂常乐来不及纠正位置再听，就被一根枝条打得失去了平衡跌下来。身体在坠落，不像在云谣的意识世界那么自由无拘束，而是实实在在地从化生藤的顶端向下跳跃，在她的身体做出反应后，头脑才开始慢慢回归，坠落的感觉越来越强烈，害怕、恐惧、绝望……无处宣发，黑暗的世界当中只有她一个，像一滴高空落下的水滴，掉在地上，或者半空中被抓去。

她在黑夜当中无休止地奔跑，披荆斩棘，但前方或许并没有光明。

快要到地面了吧？

这几秒钟的时间被无限地延长了，耳侧的风声越来越大，藤条就在她的头顶，扭结成魔神一般的笼网，血腥的味道好像就在她面前一寸，好像下一秒就要罩住她，让她万劫不复。

一条漆黑的化生藤卷住了她，却没有第一时间动手，而是在她的额头上反复摸着。聂常乐问："豆豆？"

枝条仿佛受到了巨大的惊吓，一下把她丢开了。

这次，金羽终于接住了她。在巨大的冲击之下，她的眼前突然明亮了一瞬，她看到了金羽闪亮的眼睛，他身上常带着一股土豆的青气。

"醒醒！闭着眼琢磨什么呢？"金羽一巴掌打在聂常乐的脑门上，给她贴上备用的贴片。

两人骑着摩托狂奔。十方死死地护着两人的后背，它的叫声越来越凄凉，羽翼越来越稀少，动作也迟缓起来。化生藤的枝条总是能找到它的弱点，击穿它的屏障；但化生藤也付出了同样的代价，几乎每一次击中，化生藤就会损失一整根枝条。

十万的死亡呈现出惊人的壮丽，黑色的身影发出金色的光芒，慢慢地消散了，当云谣的驿站冲破了地平线浮现在两人面前时，十方再不能飞行了，它精疲力尽地回到了聂常乐的怀里。

原来它是一只有着靛蓝色颈羽的蜂鸟，那一抹蓝色正在发灰，变暗，最后和其他黑色的羽毛混在一起，消失在了她的肩上。

除此之外，金羽的状况也越来越差，电击让他的心脏无法负荷，大量的失血之下，每一个伤处都在撕扯生命的极限。他的耳边几乎只剩下自己的心跳声，最后从车上摔了下去。

聂常乐的手在颤抖，下意识地摸向自己的背包，十方已经不在那里了，只剩下一颗沉甸甸的"种芽"，她从眼前的一片血色中辨认出已经到达了营地的边缘，终于叫出了云谣："我需要确认你的承诺，你不会做出任何有害于人类的举动，是不是？"

"是的。"

"给你，救我们！"

金羽做了很多的梦，梦中好像又回到了那个整天逃难的时光。他跟着父母来到了青阳埔，人们把避难所的入口挤得水泄不通，每天早上5点，大屏幕上都投影出：今日人流量10万。那个五位数慢慢变小，四位，三位，两位，然后归零，但是一家三口再没有前进过一步。

直到那天，一些穿着军装的人从入口升起来，给大家发放了凤凰的驾驶手册，告诉大家，如果愿意加入先遣队，可以获得家属优先进入避难所的权利。

万金买死士，一散无复还。

但仍有人在当天晚上就走了，这是他从第二天早上的惊叫和哭号中得知的，他们千辛万苦从黑暗的废城中逃出来，为了亲情回到黑暗，也许黑暗中也是有光的，他们并不孤独。

他记得父亲和母亲商量了很久，他们手里拿着那本册子不停地争执，父亲竟然哭了，母亲背对着他凶狠地咬着手背，好像要抑制住胸腔中的痛苦。

　　金羽想着自己也能跟着一起去，于是拿走了小凤凰的初级驾驶手册。

　　但是，第二天便天黑了，金羽和他们走散了。

　　他只记得，明明在上一秒他还牵着母亲的手，下一秒那双手就永远地离开了，被人群越挤越远。他随着人流茫无目的地走着。避难所提前关闭，小凤凰飞走了。而剩下的人也没能进入地下，地堡被毁了。

　　他不知道上哪儿寻找亲人，也许死在了塌落的通信桩旁，也许被人流冲散了，也许只是受了伤被送到别的营地，更也许，他们坐着小凤凰安全地离开了，只留下那本驾驶手册还在他的怀里，像一封迟于信件的邮票，粘着他唯一一点儿心魂。很久以后，他才知道，凤凰的尽头也是死路一条。

　　地面上的人没有放弃，他们组成了零散的武装，金羽成为他们当中最年轻的。后来，人们从废墟中找到了云谣，在它的指引之下，焚烧旧物，建立新家园。

　　在地堡的缺口处，那么多的人好像垃圾一样堆在一起，不能放任他们腐烂，最直接的方法是烧，一场大火，尘归尘，土归土。大家的心情都不好，没人愿意放这第一把火，拎着油桶随便地倒了倒，火就燃起来，后来想想也许不用倒那么多油，因为人体内的油脂就可以把天空烧成一片血红。

　　没人愿意看这一团野火，也没按照云谣给的要求排班巡视，陆陆续续地回去建房子了，只有金羽在这里看着，这个盯着火堆的孩子的背影无数次浮现在他的记忆里，那么执着、孤注一掷地看着希望化为灰烬，他的亲人也许就在其中，而这是送他们的最后一程。

　　他盯着熊熊燃烧的火堆，眼眶发红发烫，找着什么东西，在一堆火里，他听到了哭声，他的心里一阵惊喜，跑过去才发现是一个比他还小的陌生孩子，只有四五岁的样子，从死人的臂弯里，从天黑前统一配发的睡袋里懵懵懂懂地爬出来。让金羽记忆犹新的是，他穿了一双白袜子，干干净净，身上连一点儿血沫子都没有，是一个被保护得很好的孩子。他被困在火堆里面，呛得咳嗽流眼泪。金羽失望着，仍然滚进了火堆，在大火的噼啪声中，把樊香音救了出来，叩响了最近的一处棚屋。

迷迷糊糊中，他觉得自己依靠着的瘦薄肩膀在发抖，聂常乐断断续续地说着："相信我，相信我吧。"

收到。他在心里答道，随即陷入了更深的沉睡。

在聂常乐与云谣交易成功的瞬间，化生藤便如潮水一般退去了。

它们匍匐在沙层当中，拖着龙蛇一样庞大阴暗的躯体，相互摩擦发出"吱吱咯咯"的声音，如同黑夜中魔人的怪笑。

金羽的呼吸逐渐稳当，但十方没了。

云谣说，十方是不应该出现的混沌生物，它的原身是一只健壮的蜂鸟，但在十方三世的试验中，它和蛊在所有的可能中战斗，因此最后成为了多个时空的叠加态、不稳定态，既不是正常三维时空可以酝酿而成的生灵，却也不能超脱到达四维生物的境地。它是一个意外，而意外是不可复制的。

人们所失去的、不可复制的东西已经太多了。

红十字木牌上挂着白色的布条，篱笆也塌了大半。聂常乐站在门口，一阵巨大的恐慌攥紧了她的心。

屋子里一片狼藉，支撑着房子的几根梁柱摇摇欲坠，每个断裂的木芯都透露出力不从心，夕阳拌着沙尘从二楼地板的缝隙漏下来。樊香音佝偻着身子，在灰沙里捡拾着什么。

听到声音，他回头看了一眼聂常乐，把断裂的鱼尾藏进手心，这才站在她面前。

聂常乐心里有不好的预感："樊老师怎么样了？"

樊香音说话的声音无比沙哑沉重，好像又有泪水要滚落下来："昨天晚上走的。"

聂常乐觉得天旋地转，把手按在樊香音肩上拍了拍，也撑住了自己：

"节哀。"

"我不想再帮你了，你走吧。"樊香音拂开她的手，捂着脸低声道，"你走吧！我不想再帮你了。"

眼泪从指缝中滑落："如果没有你，没有从那个该死的地方爬出来打扰我们……没有你，我们现在过得好好的……死老头和金羽不会变成这样……你走吧，我不想再帮你了……"

聂常乐头痛欲裂，眼睛通红，悲伤烧干了，只剩下痛苦和冷漠："他是一位值得尊敬的长辈，我永远也还不清他对我的恩情。"

"你不配，你走吧，这里不欢迎你了。你滚啊！"

"樊胜音和云谣做了交易，把他知道的所有关于云谣和化生藤的资料都交给了它。他提前衰老，又被层层看守，只为了换取云谣的庇护，起初是庇护你，然后是庇护金羽，然后是庇护每一个来到这里的人免于化生藤的攻击。他换出去的东西越来越多，能说的话越来越少。"

她喃喃道："我的确是不配的。"

"你胡说，你是瞎扯的……你疯了。"樊香音坐在地上，又哭又笑，"你一定是疯了，我疯了……"

樊香音靠坐在沙堆边："你把金羽还回来，他应该来送老爷子一程。还要戴孝三年，选个好地方下葬。"

聂常乐不忍看他颓丧，说道："人死如灯灭，你想开些吧。"

"你说不出话了吧，你把金羽弄到哪儿去了？"樊香音嘿嘿地笑起来，眼睛猩红，他侧着头自下而上地看她，视线从稍长的头发梢瞄着聂常乐的眼睛，"我知道你是怎么来的了，你这个怪物。他也知道了，然后告诉了我，现在你要杀了我吗？还是用你那双鬼眼睛让我忘了一切？"

聂常乐的动作一下静住了，她定定地看着沙地上崩溃的人。

"你就是化生藤的种芽！种芽的一部分在你身上还活着！都是因为你，化生藤才变成现在的样子，都是因为你，我们受了那么多年的苦！你怕云谣知道你是个怪物吧！不敢听了是吗？你怕什么！"

二十四

　　他的状态愈发癫狂了，聂常乐只能先回到金羽的家。V0 从摩托车底下奄奄一息地爬出来，最后一点儿电量也要支撑不住，连声音也变成了可怜巴巴的电音："大坏蛋怎么啦？怎么生病啦？"

　　"他会好起来的。"

　　聂常乐安置好家里的东西，好像回到了自己第一天踏入这间破破烂烂的房子那样。金羽躺在两张叠在一起的垫子上，整个人都陷在棉花里，他的身体在好转。

　　她去看了一眼金羽心爱的土豆棚，他好像已经做好了长途跋涉的准备，土豆棚里一切正常，一个个可爱的、圆圆的土豆甚至比之前的几批品相更好。

　　聂常乐这时候才觉出一阵深深的无力，她远远地看过樊香音一面，他可以称得上是形容枯槁，聂常乐向他招手，他没有理睬，虽然樊胜音不在了，但是需要医治的人很多，他很忙。

　　聂常乐无暇和他纠缠，回想着壁画。在她所见的壁画中，无茎花卉被托捧在手掌之中；短茎花卉被拈于指间；长茎花卉被单手或双手举于胸前，或斜搭于肩上，或垂持于身侧。而那朵化生莲花，有着忍冬纹的基本骨式，莲茎细长卷曲，只用线条勾出叶，自然卷曲，灵活多样，枝头有硕大的莲花，莲花中又有化生人头，显出空灵之美。

化生藤会开花吗？

她想到了顾双陆带着自己在实验室疯玩一圈后，在那间被称为"引路者"的桃树培植园地中玩耍，她搬着凳子，上半身隐没在枝枝条条后面，解释道，有的桃枝在春季萌芽后，只有顶芽萌发，一年生枝条上光秃秃，而桃树主要就是靠一年生枝条结果，如果这类枝条不加处理，任其生长，势必造成结果部位外移，因此正确的方法是把光秃的部分彻底剪掉，剪至枝条后部有叶芽的位置，这样既不会流胶，也能使树木繁茂。

顾双陆拿着修剪下来的小绿果放进她手里，小孩啥也不懂就往嘴里塞，酸得她脸都歪了。

顶端优势！

聂常乐整理着云谣在手环中更新的信息。在长期的流放结束以后，蛊回到了地球，它们改名换姓，化生藤就是开启新时代的名字。为了沟通之便，它们选出了最精干的群落，构成了人类的形貌，一个可以称之为领袖的，如正常人类一般行走言语的非人类，即是她所见的头上生角的女人，她准许了对于飞行器的研究，并且向人类开放了一部分科技，只是为了自救。

女王已经隐隐察觉到族群的尽头是灭亡，甚至这灭亡已经发生，化生藤在初入地球的几个月便被一种名为桦褐孔菌的原生真菌感染，它原本是一种主要寄生于桦树活体的药用真菌，但是却造成了化生藤顶芽病变，新芽大量死亡，并且感染逐渐蔓延到了化生藤用来储存顶尖知识的种芽。女王意识到它们正在面临灭顶之灾——死亡，哪怕借助释的力量也是无法逃脱的结局。

她想要拯救，想要继续，所以不得不与过去切割，她需要把蛊中最核心的顶芽切除，放弃释曾经给予的特权，才能给更多枝芽生存的机会，只有经过这必要的修剪，生命之树才能繁茂，才能保全剩下的蛊。

所以那天在她接住从棚顶掉下的聂常乐后，摸着她的脸说出了感叹之言。

"你就是人类的孩子吧。"

"在我的家族里已经上百年没有你这样可爱的孩子出生了。如果不做出改变的话，现在我们拥有的总会失去。只有降格，才能活。只有在我离开后，才能有更多的新生。"

按照预期的信约，在一个阳光明媚的下午，由生命锁钥帮助女王切除病变的头颅，即化生藤的顶芽。紧接着，化生藤将生发新的侧芽，开花结果，在成熟的花果凋落后，它们将会交还一切从释处得到的，以最普通的植物状态去面对新的生死。在生命和技巧之间，女王做出了选择，它想要新生，哪怕是最狼狈的生也胜过守着财宝而死。

但这是化生藤的第一次花期，谁也不知道会有什么后果。

云谣由此诞生，它对这一过程进行了亿万次的推演，其中只有十方三世的结果不算完美，总体而言的可行性是很大的；但所有的计划都输在了人对蛊的陌生，输在了蛊对人的警觉。它们隐瞒了"深层精神"的存在，蛊是以无穷个有限组成的、庞大的生命。

最直接的后果是，头颅落地的那一刻，记载着蛊与人类契约的记乙从深层精神中消失了，带走了蛊的文明和人性，而剩下了本能，残忍的、显生宙至今凶暴的本性。它们完全忘记了曾经的约定，只记得受到了伤害，刽子手就在眼前。

疯狂一触即发，化生藤首先启动了飞船，然后进行了殖民。地球停转对于地表生物的影响是灾难性的，所有的建筑、海洋、森林全部变成了沙暴中的风滚草，地震、海啸、火灾、冰山撞击，再加上城市的坍塌，人们再不能继续生存于地面，只能寄希望于地下世界。而天黑之日是更大的耻辱，真正把数以千万的人口送入了地下长眠。

聂常乐估计着时间，再次叫出云谣："种芽被换走了吗？"

"化生藤刚才向我提供了一份非常宏大的数据，种芽已经被交易走了。你往里面灌了什么，骗过它们了？血液？"

"嗯。"

"为了这次交易，它们可是煞费苦心，把老底都交出来了。终于得以窥见蛊的全部秘密，包括它们地球时期、太空时期的一切进程，这是非常惊人的、瑰丽的知识图谱；不过，等它们发现被骗后，你可就惨了。"

"知道了。"

"可惜女王的意志最终也无人领会，唯一能体会的部众也在生命锁钥被吴恼杀了。不懂得自我节制和修剪的生命只会是一团乱麻，新生的种芽仍然会死去。这是一个循环。"

云谣温柔地笑了，北方的天空已经逐渐亮起，云隙光和降水线迹，直线和曲线交织，光影和水雾的融合，从高空中投下缕缕生机，而停在他掌上的这朵灰色云团渐渐有电光乍现。

"日夜什么时候能够恢复正常？"

"在算，等会儿。"

聂常乐"嗯"了一声，用棉球蘸着水润湿了金羽的嘴唇："你感觉怎么样了？"

没人应答。

这里快要天黑了，越来越危险，聂常乐却忽然懒散起来，她甩着金羽常用的小抹布把家里擦得干干净净，从这些小事里感觉到了一点儿乐趣，从朱明城开始，跑了15年，好像一下有个安稳的地方，心就沉了下来。

不想走了，这个地方好像变成了她的家，金羽的工作台放得乱七八糟，他的身影好像也还在这里忙碌着。

这个几平方米的地方将她困住了，就像眷恋着熟悉气味的灰牛，自欺欺人地想着也许在这块区域待着就能安全无恙。

可心里又明明白白地知道，化生藤会把她撕成碎片。

也许应该把金羽送走。

这个念头支撑她站起来，把人送去了樊香音家门口。此时樊香音正在屋里忙着收拾东西，也许是察觉到有人来，他透过破碎的半扇玻璃窗向外看了一眼，云朵之间天光乍泄，打在那人脸上，看不清神情。

那个瘦削高挑的影子慢慢走过沙丘，走远了。樊香音看得太久，眨了一下眼睛，人影便如眼睫上的一粒灰尘，轻快地掉出了视线，晚风一吹，便连脚印也没了。

聂常乐其实并没有走，只是藏在沙子里。这时的沙丘不是滚烫的，而像是温柔的被褥，覆在身上。趴得快睡着时，终于看到樊香音磨磨唧唧地出了门，看到昏睡的金羽，果然把他带到了车上，把她用来卷人的毯子扔在了地上，扬长而去。

她拾起毯子，扔在摩托车后面，回家了。

天色将暗，沙漠上非常安静。聂常乐坐在地板上，翻着金羽留下的小东西，其中有一本空白的日历，是今年的，但是今年已经过了这么久，他一页都没有撕。

这是一本空白的日历，上面没有任何记录。聂常乐一页一页地撕着，有春节、元宵、上巳、寒食、清明……好像撕着日历就能把过去的日子补完，翻过一个个黄道吉日、不吉利的日子、可以或不可以出行的日子，日日夜夜，直到今天，好像并不是个吉时。

气温变低，天空逐渐暗下来，天边深浅不一的蓝紫色把大漠渲染得无比艳丽，但却并不狂热，反而是宁静的、平和的，如一朵待开的睡莲。聂常乐抱着水瓶坐在门口，一个一个地想那些记忆中的人。

她能看懂樊胜音处境艰难，他和云谣交易付出的代价让他寸步难行，但是又贪图云谣能够提供的庇护，他在自责和愧疚中死去时有没有想过逃出苦海的生活，也许他会是今天第一个找来的人吧。

没有。

门前很安静。

陆象，她见过男孩这么多面，现在想想却只记得一双黑白分明的、惊恐的眼睛，她帮的忙甚至没有金羽多，还差点儿伤了他。

门前没有声音。

想到陆象，就不能不想到算命的老人。她曾经帮自己占卜，又那么认真虔诚地消了灾，可是自己这么个灾星最后还是拖累了好人家。

然后是十方。她对自己太过自信，当被困在树顶时已经完全超出了她的预期，但是十方总是会救命。

今天不知道怎么了，门口起了一阵风，送来一阵凉凉的气息，像一双温柔的手拂过她的肩膀。

还有吴恼，他被化生藤抓住的时候是生是死？会不会还有一点点儿救命的可能？而那致命的一刀终归是自己劈下去的。

对不起，我杀了你两次，我其实记得你的，实验室的每一个人，我都记得。

对不起，对不起。

自始至终，无人上前。门前，一个鬼也没有。

天越来越黑了，化生藤行走在沙地上，摩擦着发出灵蛇一般的沙沙声，这声音越来越近了。

聂常乐觉得身上很冷，她拧开盖子喝了一口，发现这是一瓶糖水。

她反反复复地想着是不是自己嘴里太苦才有这种错觉，等一瓶水都品完，嚼到了瓶底的糖粒才确定，这真的是瓶糖水。

她思考着为什么自己手里会有一瓶糖水，好像是当时去朱明城发现吴恼时，两人坐在地上啃叶子，金羽递给她的。

聂常乐嚼着糖粒，心里更难受了，她希望化生藤快点儿来。

"夜景很美吧？已经许多年没见过了。"

云谣操纵着小机器人滚到她脚边。

"是很美，算出结果了吗？"

"刚才的话没说完，假种芽给它们了，它们被骗了一小会儿，承诺让地球恢复正常。后来，吴恼发现我们造假的事了，现在是相当暴躁，不跟我讲话了。大概半小时后，这里会入夜。明白我的意思吧？你会死。"

"什么时候恢复正常？"

"吞掉你以后，新芽不会再诞生，我也不会为它们提供帮助。这样一来，化生藤会自然地消亡；但是，不同的化生藤性格也是不同的，仁慈和善良永远是文明最高贵时期的产物。女王的慷慨不会在新王身上重现，它诞生在天黑时，经历了人的欺骗，对人类可不会有好印象，它极有可能会孤注一掷，在最后几年里展开报复。如果剩下的人可以躲过它的疯狂复仇的话，大概三年后就能高枕无忧了。"

聂常乐沉默不语。照顾金羽时，她也在想着这件事，她感到绝望，明明已经找到了一切的答案，却与之相隔着数年的光阴，几万人的性命。

"你要留下来，跟我一起等死吗？"

"不管是作为智能还是释，我都没有生命可言，从创造者赋予我的原则来看，只要文明和知识仍然存在，我会永远活着，只是会遗落一部分，忘记一部分，真正清醒的时间是很短暂的，这是我们逃避'死亡'的办法。顺便说一句，我没办法把种芽和你分开，顾双陆给你做胸部埋藏皮瓣术的时间太早了，种芽已经不单单是你的心脏起搏器，反而成为你身体和精神的一部分。"

聂常乐苦笑："不要你提醒，我也知道我不正常，很多人这么说。"

"但我确实没有第一时间意识到你不对劲儿，因为在我的基础认知里，蛊的女王不应该是位盲人。"

"顾双陆本来是让我假装眼盲的，但是路上遇到一个缺心眼，我以为跟人家是朋友，就没守住秘密，后来她把我的事到处说，大家知道了，都怕得要命。顾双陆骑虎难下，只能把我真弄成瞎子了。"

"加上领队死后人心涣散……我明白你为何一开始对我那副臭脸了。"

聂常乐笑了，和V0的面板碰了个杯，把糖水喝干。

"虽然这里很难施展时空折叠，但是促进化生藤凋零的催化剂、加速剂是有的。"

"小凤凰？它们的货仓里的确装着促使化生藤快速凋落的生长激素，可是它们全都坠毁了，而且没有人会开。"

"整个北方营地，你向金羽求助是最正确的，因为只有他敢进、能进日落之地。他曾经去过树林的边缘，并且带出了非常重要的东西，用它换了一辆摩托车。"

聂常乐敲了敲 V0 的头："非常重要的东西，你就给他一辆摩托车？黑心。"

"天黑前，为了确保小凤凰能够顺利起飞，地堡的管理者临时征召了部分民众进行小凤凰驾驶员训练，他们的亲人可以优先进入地堡。金羽父母的名字都在这批驾驶员当中，在离开前，留给了他一本小凤凰的驾驶指南，在幸存的千万人当中，这是金羽所拥有的独一无二的知识。除此之外，他在地面目睹了小凤凰的陨落，在事情发生后的十数年后，他仍然记着滑落的轨迹，把那架坠毁在日落之地边缘的小凤凰一点点儿地搬回了营地。只是少了货仓和半翅。现在，我已知道它的用途，通过这些年积攒的成果，完全可以复刻小凤凰，完整的凤凰正是化生藤开花、由盛转衰的最佳催化。"

"而他的那本驾驶手册，一开始老是藏着掖着不肯给，后来为了拿到几管治疗光敏症的特效药，就把手册给我了。真是缺心眼的孩子，次次都搞这种亏本买卖。"

说到这里，云谣感叹道："我这边收集的生长激素虽然比不上天黑前提炼的精纯，但大家可是种了 15 年的土豆啊。你们也不想想，我一个不要吃饭的人，每天成筐成筐地收土豆，又放火又打铁的，图啥啊！"

聂常乐一把抓住 V0，使劲地摇晃，结结巴巴地想说什么，叩门声响起。

门前是一个她最熟悉的年轻人，瘦高个，头上一个发髻，绀青色双目，两边手臂上是象征着破地狱与生净土的尊胜、观音，身后是上百架崭新的小凤凰。

二十五

　　金羽觉得自己的意识在毒素的边缘徘徊，那具沉疴深重的尸体好像已经不是他自己的。他看见了废墟后的生命锁钥，此时的大厅还没有浸水，成了安置伤员的避难所，西北角肉眼可见地沉降下去，地板和墙壁上已经出现了许多裂缝，开始向屋里渗水。正中间的裂缝里插着一支手电筒，它的亮度调到了最低，但经过光线雕刻家的折射为足以微微照亮整个大厅的一层，许多人围着它坐着、躺着、蜷缩着，甚至不肯去到更为完整的二楼而宁愿睡在潮湿破碎的地板上，仿佛身上照着一点点儿光明就能带来莫大的心安。大厅太暗，太静，连喘息和咳嗽都要捂住嘴巴。几个身穿实验服的人小心翼翼地在休息的人里穿行，给伤者上药和更换绷带。

　　而在大厅旁的医疗间，几个人正在进行一场激烈的讨论，所有参与者都有意地压着声音，可是他们眼睛通红，青筋暴起，已经焦灼到了极点。

　　"全靠孩子自己是撑不下去的，我们的手术设备能帮她；但是，现在只要我们打开应急能源，这里藏着的市民马上会被发现。只有用种子可以二者得兼，化生藤对自身的放电活动不敏感。只要我们能借助一点儿蛊的力量完成手术，她就能活。种芽对她有天然的青睐，成功的可能性很大。"

"你的意思是把那颗头从聂老师的尸体旁边拖过来用？这活儿谁爱干谁干！"

说话的人狠狠地推了一把刚开始在说话的女人，她立刻扑了上去和那人厮打起来，围观的人立刻上前拉拽着两个缠斗的人，毋宁说是劝和，更像是加入了斗争。所有人都是发了狠在撕扯。这是一场沉默的斗争，好像要把这些天孤立无援的、一落千丈的、担惊受怕的苦全部宣泄出来。

"用她试一试，用她试一试我们能不能利用蛊的能量，对我们接下来的生活大有好处。"

后发声的人停下手，他的脸上添了伤，一言不发地出门去了。顾双陆的耳朵被拽破了，她平复着心情，安排着接下来的工作，后面的话再不能听清。

恍惚之中，有个孩子在小声地啜泣。为了防止发出太大的声音，顾双陆安抚着她，小心地捂着她的嘴。

聂常乐被砖石砸断、因为感染而粘连的胸腔重新被手术刀剖开，一样东西被塞进了伤口。

医生们来了，又走了，最后屋里只剩下一个人。那个孩子奄奄一息地躺在手术台上，但她胸腔不正常地震动着，越来越强烈，几乎带着她整个身体在台上弹跳，血从手术台的边缘滴滴答答地掉在地板上。

一双透明的、颤抖的手从空中垂下，拨开她前额的发丝。看见了她的一只眼球已经完全变成了深蓝色，近乎全黑。

"聂常乐，别放弃。你会一直活下去的。"

金羽从板车上腾地坐起来，泪流满面。樊香音吓了一跳："犯病啊？"

他眼前一片漆黑，伸手摸摸板车，又摸摸樊香音的脸："我怎么在这儿？聂常乐呢？"

"什么聂常乐？你犯糊涂吧。你的屋子被吹散架了，可是我给你救起来的。"这是樊香音的话。

"金羽说什么梦话呢？嘀嘀咕咕的？"王老师的声音从副驾驶传来，"找什么啊，什么成了？"

金羽像是抓住了救命稻草，从车斗探头进驾驶室："是王老师吗？之前跟我一起的那个姑娘在哪儿？你们在樊医生家见过的。"

王老师盯着他的眼睛看了会儿，用手背在他额头上一探："还发烧呢？我鸽子白给你吃了？"

"喂！"

金羽从车上跳了下去。樊香音骂骂咧咧地追上来："神经病啊！那边快天黑了！别回去！"

他跟跟跄跄地走着，朦胧中听到了铃铛的脆响。金羽顺着声音扑过去，把那孩子吓得像个泥鳅似的就要溜，可到底被捉住了。金羽摸了摸，他身上还是穿着皮坎肩，露在外面的胳膊晒得滚烫出汗。他赶紧问："你记不记得在驿站外的集市，有一个姑娘看中了你的牛，你和她玩了很久。"

小孩被这个刚当了瞎子的人摸得浑身不自在："没有啊，要真有人看中，这牛我不早卖出去了。"

金羽觉得自己像是在梦里，他不停地奔跑，直到不再听到身后的喊声。

聂常乐和释之间一定有某种关系，但她是聂教授的女儿，樊胜音当初也是这么说的。金羽头痛欲裂。

"起飞了！"

"有人起飞了，那边。"

"好多的小点，是那些吗？"

"谁？"队伍里有人在大叫。

金羽抬头看着天，他一睁开眼睛便觉得刺痛，只能半眯着，眼泪和